KB058001

백귀야행

百鬼夜行

백귀야행

百鬼夜行

송경아 소설집

을로을로

차례

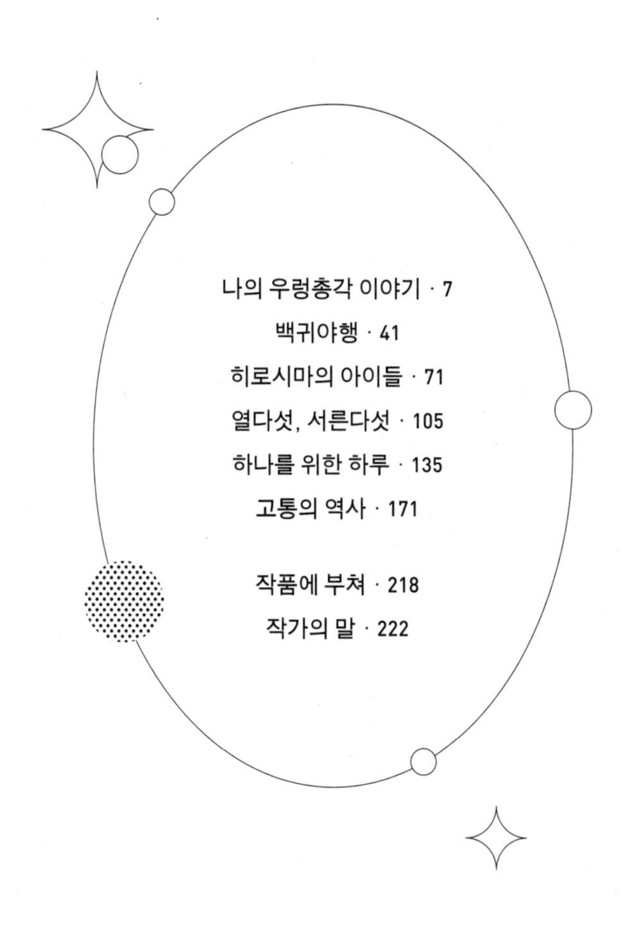

나의
우렁총각
이야기

"우렁총각이라면 하나 갖고 싶지. 내가 돌봐야 하는 남편은 싫어."

화요일 낮시간, 얇고 흰 레이스커튼을 뚫고 들어온 봄햇살이 일산의 24평짜리 아파트의 하얀 벽에 민무늬를 그리는 것을 보면서 나는 말했다. 사촌언니가 조카를 낳고부터는 엄마와 한목소리로 '결혼은 왜 안 하니?', '요즘은 누구하고 연애하니?' 하고 나를 들볶는 것이 귀찮아서, 그저 슬쩍 한 얘기였다. 그 말을 입 밖에 내기 전까지는 우렁총각을 갖고 싶다는 생각을 해본 적도 없었다. 각진 곳마다 온통 볼썽사납게 스펀지를 붙여놓은 소파와 오디오와 책장, TV 근처를 아장아장 걸어 다니며 온갖 장난감을 집어 던지는 아이 뒤를 쫓아 쩔쩔매던 사촌언니는 그 말을 듣더니 반색을 했다.

"그래? 말을 하지 그랬어? 난 네가 남자 생각이 전혀 없는 줄 알았다."

"그럴 리가 있겠어? 그냥 결혼하기 싫은 것뿐이야."

"결혼도 네가 생각하는 것만큼 나쁘지는 않아."

사촌언니가 다시 키가 무릎까지도 오지 않는 아이 뒤를 쫓아가며 말했다. 나는 어깨를 으쓱했다. 지영 언니하고는 원래 또래 친척 중에 제일 친했고, 게다가 같은 학교 같은 과를 선택해 대학생활도 함께한 사이였다. 3년 전만 해도 홍대 앞 클럽과 신촌의 맥줏집을 함께 들락거렸고, 여름에는 바닷가, 겨울에는 스키장을 수많은 친구들과 함께 누비던 언니가 결혼 후 일산 한구석에 틀어박혀서 어쩌다 볼 때마다 말머리에 '우리 경민 씨가, 우리 경민 씨가…….' 하는 것을 보면서 어떻게 결혼이 그리 나쁘지 않다고 생각하겠는가. 그리고 일 년 반쯤 전, 아이가 나오고 어찌저찌 복직을 못 하고 집 안에 들어앉은 후부터 언니의 입에는 '경민 씨' 대신 '우리 민성이가'가 붙어버렸다. 한번은 엄마한테 "지영 언니가 결혼을 하고 나더니 아이큐가 반으로 줄어든 것 같아." 하고 불평한 적도 있었다. 그때 돌아온 엄마의 대답이 걸작이었다.

"넌 니가 지금 굉장히 똑똑한 것 같지? 이 헛똑똑아. 나중에 늦게 결혼해서 애 낳고 힘들어 낑낑거리는 건 니 쪽일 거다. 아이 다 키우고 나면 그 아이큐가 이자 쳐서 생활의 지혜로 돌아오니까, 지영이 바보 되는 거 걱정 말고 너 결혼할 걱정이나 해."

나는 도대체 엄마를 이해할 수가 없었다. 십몇 년 동안 감쪽같이 다른 여자와 함께 살면서 애까지 두고도 모자라 나중에는 당당히 이혼을 요구하고 나선 아빠 때문에 엄마의 결혼생활이 파경을 맞은 지도 오래였다. 이혼까지 갈지는 모르겠지만, 6년 전 결혼한 오빠도 새언니와 사이가 썩 좋지는 않은 듯했다. 그래서 한 달에 한두 번 오빠네가 왔다 간 뒤면 엄마는 쓸쓸한 얼굴을 하고 "내가 늘그막에 손자 떠맡아야 하는 일이 생기는 거 아닌지 모르겠다."는 말을 한번씩 흘리곤 했다. 엄마 친구 자식들도 이혼한 사람이 절반이라고 하고, 이제 갓 서른 들어선 내 주변에서도 스물다섯 전후로 일찍 결혼한 친구들 중 아직까지 관계를 유지하고 있는 사람은 손에 꼽을 정도였다. 결혼은 백년가약이 아니라, 떠난 사람의 절반 이상이 실망하고 되돌아오는 불편하고 지루한 관광 코스 같았다. 더구나 엄마는 그 길을 갔다가 실패한 사람이면서, 꼭 나를 그 길로 보내고 싶은 걸까?

반면 내 입장에서 생각해보면, 나는 결혼할 이유가 전혀 없었다. 엄마가 그만둬야지 그만둬야지 입에 염불처럼 달고 살면서도 계속하고 있는 고등학교 앞 분식집에서 들어오는 돈으로 엄마 생활비 정도는 넉넉하게 충당되었고, 덕분에 나는 엄마를 부양하기 위해 애써 좋은 직장을 찾을 필요가 없었다. 게다가 이혼하고 재산분할을 받은 후 운좋게 시세보다 싼 값에 사두었던 강남의 아파트 두 채가 천정부지로 오르는 바람에 엄마는 몇십 억 정도의 자산을 갖고 있었다.(그렇다고 우리 생활 수준이 엄청나게 좋은 것은 아니었다. 엄마는 '부동산 파는 사람은 바보다. 놔두면 오르는데 뭐 하러 파냐?'고 입버릇처럼 말하면서 아파트를 꽉 쥐고 있었다. 그런 엄마의 사고방식 때문에 나는 특별히 엄마 돈 덕을 본 적이 없다. 하지만 엄마가 돌아가시면 그 재산이 다 어디로 가겠는가? 설마 오빠한테만 가려고?)

운이 좋은 건지 나쁜 건지, 대학을 졸업하고 딱히 취직할 마음 없이 좀 놀다 보니 어느덧 서른이 넘어가고 있었다. 여행이라도 가고 싶으면 아르바이트로 돈을 벌고, 엄마한테 지청구를 좀 먹어가면서 용돈도 받고, 나이가 이렇게 되다 보니 취직할 곳도 없었다. 엄마도 내가 늦은 나이에 회사에 입사해서 어린 아이들에게 치여가며 돈 버는 것은 바라지 않는 눈치였다.

지금 이대로라면 어영부영 영어공부나 하면서, 좋아하는 영화를 보고 게임을 하면서 언제까지라도 시간을 보낼 수 있을 것 같았다. 또 언제라도 내가 불러내서 놀 수 있고 심심하면 나한테 연락하는 친구들이 이삼십 명은 있었다. 결혼하면 이 친구들 중 상당수는 남자라는 이유만으로 포기해야 할 것이다. 소개팅을 하거나 연애를 해서 결혼할 수는 있겠지만, 마음에 드는 남자가 있다 해도 결혼한 친구들을 보니 결혼은 과연 그 사람 하나하고만 하는 것이 아니었다. 시댁이 잘나면 잘난 대로 못나면 못난 대로 결혼한 친구들은 모두 시댁 스트레스를 겪고 살았다. 그러니 나는 정말 결혼할 이유가 없었다.

"결혼은 안 한다니까."

나는 짜증스레 말했다. 아이는 무엇을 보았는지 꺄아악 소리를 지르더니 신나게 엉덩이를 뒤뚱거리며 걸어가다가, 벽 모퉁이에 이마를 부딪쳐 뒤로 털썩 주저앉아 울음을 터뜨렸다. 언니는 황급히 아이를 안아 올려 흔들었다.

"오야, 오야. 호오—. 우리 민성이 착하다. 금방 안 아프지? 누가 다짜고짜 결혼부터 하래니? 내가 너랑 그렇게 놀았는데 너 연애했다는 얘기 한번 못 들은 것 같아서 그러지."

"언니가 소식이 어두운 거지. 소싯적에 다 있었다우. 언니 취업 준비하느라 정신없을 때."

나는 애써 명랑하게 말하면서, 속으로 '그렇게 힘들게 취직해서 지금 뭐 하는 거야?' 하고 덧붙였다. 물론 언니가 지금 생활에 만족하고 있다는 것, 아이를 맡기고 직장에 나가야 하는 처지라면 더 힘들 거라는 것은 알고 있었다. 하지만 전공 선택을 한 다음에는 어찌저찌 졸업할 정도만 공부했던 나와 달리, 언니는 놀 만큼 놀면서도 자기 조절을 잘해 학점이 좋고 성실했다. 교수님도 저 친구가 공부를 계속했으면 하고 탐내던 학생이었다. 모두들 언니가 뭔가 큰일을 해낼 줄 알았다. 언니가 어느 날 과 친구들과 함께한 술자리에서 "내 꿈은 현모양처야." 하고 말했을 때 아무도 그게 진담이라고는 생각하지 않았다. 나조차도.

내 연애 이야기. 그건 또 다른 얘기였다. 대학교 1, 2학년 때 연애를 하긴 했지만 한 번은 쓰디쓴 실연으로, 한 번은 나와 같은 학부 같은 학번이었던 상대에 대한 실망으로 끝나버렸다. 대단한 파경이나 사건이 있던 것도 아니었다. 그저 나는 점점 상대에게 많은 것을 바라게 되는데 상대는 언제까지나 그 자리에 머물러 있을 것처럼 보인다는 흔하디흔한 문제였다. 마침내 2학년 여름방학 때 '끝내자'고 말해버렸고, 개강 후 본 그 애는 얼굴이 반쪽이 되어 있었다. 우리는 한 학기 내내 서로 껄끄러워하며 피해 다녔다. 싸우지도 않았는데 다른 아이들이 우리 둘을 화해시키려고 노력하는 것도 부담스럽기 짝이 없었다. 아마 그때 그 어색하던 한 학기 동안의 시간에 나는 또렷이 배웠던 것 같다. 어떤 종류의 인간관계에는 너무 깊이 손을 들이밀지 않는 것이 좋다는 걸. 어떨 때는 사람과 사람 사이의 공간을 스치며 차갑고 단단하게 날아가는 우주선의 궤도들이, 서로 융합하는 핵보다 더 안정적이고 분명할 수 있다는 것을.

시계를 보았다. 벌써 다섯 시가 가까워지고 있었다. 나는 일어서며 주섬주섬 핸드백을 챙겼다.

"언니, 나 갈래."

"아니, 밥 먹고 가지 않고?"

"아냐. 지금 가면 우리 집 저녁 시간 딱 맞아."

"하긴 처녀들은 애랑 같이 밥 먹으면 정신없어서 힘들지?"

언니가 웃으며 말했다. 맞는 말이었다. 바닥에 어질러진 장난감 사이에서 애가 흘린 음식을 주워 먹으며 애한테 한 술만 더 먹으라고 애걸하는 언니를 보면서 밥이 어찌 목구멍으로 넘어가겠는가. 멋진, 아니면 한때 멋졌던 여자들이 생활의 패잔병이 되어 구질구질한 일상을 영위하는 것을 보면 고통스러웠다. 될 수 있으면 생활 근처를 에둘러서, 깔끔한 방관자로 살고 싶었다. 언니가 빠져 있는 생활의 구덩이에서 도망치듯 나는 현관에 나가 신을 신었다. 언니가 한 팔에 조카를 안고 나와 "이모 간다. 손 흔들어." 하며 아이의 작은 손을 쥐고 흔들어댔다. 나는 억지웃음을 지으며 조카에게 마주 손을 흔들어주었다. 언니가 밝은 얼굴로 말했다.

"우렁총각 갖고 싶단 말이지. 내 네 생일선물인 셈

치고, 첫달 할부금 내줄게. 마침 요즘 특가 할인이라던데."

"아니, 언니, 관두셔. 나 그거 할부비 내기 어려워. 언니도 형부랑 민성이 때문에 돈 들어갈 데도 많을 텐데 뭘. 애기 때문에 어디 한번 나가는 것도 쩔쩔매면서 뭘 그것 때문에 또 신경 써?"

"아냐 얘. 옛날에나 사기 어려웠지, 요즘은 홈쇼핑에서 십 개월 무이자 할부로 팔더라. 써보고 마음에 안 들면 반품하면 되잖아. 너 졸업선물도 못 해줬는데 한번 크게 쓰지 뭐."

작별 인사를 하고 나가면서 나는 현관 거울을 흘끗 보았다. 엊그제 한 매직스트레이트 기운이 역력한, 어깨선 너머까지 오는 생머리를 엷은 보랏빛 스크런치로 묶은 둥근 눈의 여자가 세월이 조금씩 묻어나기 시작하는 얼굴을 하고 나를 흘끗 노려보았다. 활짝 웃으면 아직 귀염성이 있을 얼굴. 그러나 쉽사리 곁을 주지는 않을, 차돌멩이처럼 야물딱진 20대 후반 아가씨의 표정이었다. 재빨리 속으로 점수를 매겼다. 90점. 나쁘지 않은 점수여서 흐뭇했지만, 막상 무엇을 위한 점수인지는 알 수 없었다.

"이소현 씨 댁이죠?"

한 일주일 지나 언니 말을 잊고 있을 때쯤, 택배가 왔다. 택배회사 아저씨가 싣고 온 것은 내 허리까지 오는 커다란 유리 수조였다. 안에는 흔히 관상어를 기를 때까는 모래가 깔려 있었고 물풀 몇 개, 그리고 주먹만 한 커다란 우렁이 한 마리가 들어 있었다. 아저씨는 그 수조를 내 방으로 옮겨준 후 사무적인 태도로 영수증에 서명을 받고 돌아갔다. 수조에는 사용설명서가 달려 있었다. 제품 사양과 원리 부분은 대충 건너뛰고, 사용방법과 주의사항 쪽을 보았다.

햇빛이 비치는 데 두고 사흘에 한 번 정도 물이 줄어든 만큼 생수를 부어준다. 물에서 냄새가 나기 시작하면 물을 갈아주는데, 이때 갈아주는 물은 이삼 일 햇볕에 두어 소독약 기운을 가신 물이어야 한다. 만약 물풀이나 녹색말이 자라지 않을 경우 사흘에 한 번 정도 배춧잎이나 시금치를 넣어주면 된다. 하지만 우렁이가 사람이 되면 보통 자기 수조는 자기가 돌보므로, 먹이가 떨어지지만 않게 신경 써주면 된다고 했다. 관상어 키우는 것보다 훨씬 간편해서 마음에 들었다.

주의사항도 간단한 편이었다.

'우렁이가 사람이 되어 있을 때 모습을 보이지 마십시오. 우렁이는 예민한 동물이라서 예기치 못한 부작용이 생길 수 있습니다. 우렁이에게 모습을 보였을 때 생기는 부작용은 본사에서 책임지지 않습니다.'

우렁이는 주인이 나가고 30분 후부터 사람이 되어 활동한다. 나가기 전에 돌아오는 시간을 이야기해놓으면 역시 주인이 오기 30분 전쯤 다시 우렁이가 되어 수조로 들어간다. 어려울 것은 없었다.

주의사항을 지키는 것보다 엄마를 설득시키는 것이 더 어려웠다. 엄마는 우렁총각을 선물로 받았다는 이야기를 듣자 말 그대로 그 자리에서 펄쩍 뛰었다.

"남우세스럽게 그게 무슨 짓이야? 남자가 필요하면 차라리 결혼을 해라, 결혼을. 이건 동거하는 거나 마찬가지 아냐. 너 그러다가 혼삿길 막혀. 지영이는 도대체 무슨 생각으로 그런 선물을 했다니? 당장 돌려줘!"

"아니라니까, 엄마. 엄마가 나 없을 때 내 방문이나 열어보지 않으면 돼. 나랑 있을 때는 그냥 좀 큰 우렁이야. 자, 봐. 가사도우미 하나 뒀다고 생각하면 된다고. 동거는 무슨 동거야? 그냥 우렁인데."

나는 징그럽다고 손사래를 치는 엄마를 끌어 수조 앞까지 데려왔다. 햇빛이 비쳐 들어오는 수조의 유리벽에 반짝이는 점액 길을 내면서 너무나 우렁이답게 기어다니고 있는 우렁이를 보자 엄마는 약간 안심이 되는 표정을 지었지만, 찜찜한 기분은 여전한 모양이었다.

"얘, 그래도 그냥 돌려주면 안 되니? 나중에 이거 냄새난다."

"냄새 안 나. 자기가 다 치운대. 그리고 지영 언니가 이거 통 크게 한번 쏜 거야. 할부값만 한 달에 삼십만 원 넘어간다고. 어차피 엄마는 청소하기 싫어하고, 나도 그렇게 부지런한 편은 아니잖아. 그냥 두고 살면 안 돼?"

나는 엄마의 약점을 찔렀다. 엄마 또래의 육십대 여자들에게 청소나 집안일, 살림은 선택의 여지가 없는 절대적 지상명제인 것일까. 하기 싫어하면서도, 서툴면서도, 심지어 분식집 일로 바빠서 할 시간이 없으면서도 집에만 돌아오면 엄마는 청소를 하고 빨래를 하려고 했다. 그 결과 당연히 일요일이 되면 아고아고 비명을 지르며 찜질방에 가서 하루 종일 누웠다 오곤 했다. 나도 거든다고 거들긴 했지만, 내가 설거지를 하고 청소기를 돌리는 서툰 솜씨가 엄마 눈에 찰 리 없었다.

엄마는 과연 우렁이가 집안일을 잘할까 의심스러워하는 눈치를 보이면서도 일단 아무 말도 않고 입을 다물었다. 만약을 대비해 엄마가 분식집을 닫는 아홉 시에 사람이 들어온다고 우렁이에게 이야기해주었다. 그러면 엄마가 조금 일찍 들어온다 해도 우렁이와 마주칠 일은 없을 것이다. 나는 외삼촌이 운영하는 카페에서 아르바이트를 하기에 엄마보다 늦게 들어온다.

우렁총각은 과연 놀라웠다. 일주일이 지나자 머리카락이나 먼지 하나 없이 집 안이 반들반들해졌다. 재활용 쓰레기도 종이, 병, 캔 등으로 나뉘어 차곡차곡 묶였고, 냉장고에는 우렁총각이 만들어두는 밑반찬이 가득했다. 우렁이가 무슨 반찬을 만들 수 있을까 궁금해서 이것저것 재료를 사놓은 엄마 덕분이었다. 우렁총각이 만든 음식은 맵거나 짜지 않고 깔끔하고 정갈했다. 가끔 몇 시에 일어난다고 말해두면 아침을 차려놓고 사라진 적도 있었다. 어떻게 하는지 부엌에서 달그락거리는 소리도 내지 않고 국을 끓여, 우리는 귀찮아서 잘 쓰지 않는 장식장 속의 고급 그릇들을 꺼내 맛깔스럽게 담아 놓고 도로 수조로 돌아가 우렁이 모습을 한 채 기어다냈다. 개수대에 설거짓거리를 담아놓고 나갔다 오면 식기 건조대에 말끔히 정리되어 차곡차곡 쌓여 있고, 빨래는 빨래통에 쌓일 틈이 없이 베란다 건조대에서 햇빛에 반짝거리며 펄럭였다. 흰 빨래는 모두 한번씩 삶는 것인지, 얼룩 하나 없어 눈이 부실 지경이었다. 이때쯤 되어 나는 지영 언니에게 감사 전화를 했다.

"언니, 너무 고마워. 역시 나한테 필요한 건 결혼할 남자가 아니라 우렁총각이었나봐. 앞으로 나갈 할부금이 하나도 안 아깝겠어. 얘 없을 때 내가 어떻게 살았는지 기억이 안 나."

언니의 흐뭇한 미소가 수화기 저편에서 전해지는 것 같았다. 하지만 곧이어 자기 아닌 다른 데 신경 쓴다고 조카가 언니를 잡아당기며 치받는 소리, 언니의 비명 소리가 연이어 났다. 나는 황급히 말을 이었다.

"그런데 왜 사람들이 우렁총각을 많이 안 쓰는 걸까? 이렇게 편한데."

"아무래도 결혼하면 남자들은 싫어해. 내가 쓴다고 하면 우리 경민 씨는 펄쩍 뛸걸? 또, 애들 있는 집에서는 우렁이가 사람이 되어 있을 때 보지 않을 수가 없잖아. 애들은 아무 때나 뛰어 들어오니까. 아, 아야야……

그만해. 김민성, 엄마 아파, 엄마 아파, 그만해!"

조카가 머리카락을 잡아당긴 모양이었다. 나는 몸을 부르르 떨며 작별인사를 하려고 했다. 하지만 언니가 나를 붙잡았다.

"얘, 얘기 좀 더 하자. 요즘 하루 종일 민성이만 보고 민성이 수준에 맞춰서 어린이 TV 노래 불러주고 놀려니까 너무 힘들다. 가끔 놀러 오고 그래."

"아니 왜, 형부는 어쩌고?"

"회사 일이 점점 바빠지나봐. 말로만 주 5일제지 맨날 회식이다 야근이다 해서, 들어오면 쓰러져 자기 바빠. 요즘 같은 불경기에 남들 하는 만큼 안 할 수도 없는 노릇이고. 애가 아빠 얼굴 볼 틈이 없어서 속상해 죽겠어. 하여간 우렁총각이 마음에 들었다니 다행이다 얘."

"그러니까 말이야. 결혼한 사람들은 그렇다 치고, 미혼 여자들은 왜 안 쓰는 거야?"

"가족이랑 같이 사는 애들은 아무래도 가족이랑 이웃 눈치 보이니까 못 쓰고, 삼백만원이 넘어가는 돈이니 학생들이 사기에는 비싸고, 또 혼자 사는 대학생 집에는 불시에 친구들이 올 때가 많잖아. 이런저런 조건 다 따지면 의외로 가질 수 있는 사람이 얼마 되지 않는 거지 뭐."

"하긴……."

"아야야!"

다시 언니의 비명이 울렸다. 나는 다시 한번 고맙다는 인사말을 하고 허겁지겁 전화를 끊었다. 아무리 생각해도 결혼과 아이보다는 엄마와 우렁총각과 지내는 지금 이 생활이 나았다. 결혼생활의 애틋한 정이야 없을지 몰라도, 그 애틋한 정이 돌아서면 남남보다 못한 원수가 되어버리는 꼴을 한두 번 보았던가.

파국은 예상보다 빨리 왔다.

석 달쯤 지나, 봄의 유순한 햇살이 여름의 따가운 빛화살로 변해갈 즈음이었다. 나의 일과는 여전히 비슷했다. 아침 아홉 시에는 영어학원에 갔다가, 열두 시부터 밤 열 시까지는 카페 아르바이트를 한다. 어렸을 때부터 나를 귀여워한 외삼촌은 내 아르바이트비로 한 달에 이백오십만원씩 주셨다. 일주일에 한 번, 일이 제일 적은 화요일날 쉬는 것을 생각하면 최저임금을 웃도는 액수였다. 알바라지만, 외삼촌은 내가 이 일을 계속하면 엄마에게 돈을 받고 나한테 카페를 물려줄까 생각하는 모양이었다. 집에 들어와 씻고 메일이나 간단히 체크하고 누우면 열두 시. 친구들 중에는 그런 생활은 대학 졸업자로 할 짓이 아니라고 생각하는 사람도 있었지만 나는 개의치 않았다. 회사에 들어가서 언제 잘릴까 벌벌 떨며 격무에 시달리다 때가 되면 결혼해서 생활에 치이는 것은 뭐 할 짓인가.

목요일은 비교적 손님이 없는 편이라서 안주와 칵테일 만드는 법 배우기에 좋다. 그날도 외삼촌에게 안주 만드는 법을 배우고 있던 참이었다. 조리가 별달리 필요없는 간단한 안주 중심으로 운영하는 술집과 카페들이 많지만 미식가인 외삼촌은 가끔 다른 곳의 메뉴를 응용해 새로운 메뉴를 개발해내곤 했다. 우리 카페가 손님들에게 인기 있는 이유 중 하나였다.

그날은 외삼촌과 함께 찹스테이크를 만들어 점심을 먹었다. 밥과 함께 먹기엔 약간 느끼했지만 술안주로는 아주 맛있을 것 같았다. 밥을 먹고 설거지를 하고 있는데 핸드폰이 울렸다. 지영 언니의 발신번호가 떴다. 나는 서둘러 손의 물기를 대충 닦고 전화를 받았다.

"소현아, 바쁘니?"

"아, 지금 카페야. 하지만 아직 낮이니까…… 어, 언니, 왜 그래?"

전화기 뒤쪽에서 누르지 못한 격한 눈물이 터져 나오고 있었다.

"김경민, 그 자식이…… 날 감쪽같이 속였어. 알고 보니……."

"알았어. 언니, 잠깐만 진정하고 얘기해. 잠깐만."

나는 잠시 수화기를 귀에서 떼고 한숨을 쉬며 수건에 마저 손을 닦았다. 어쩐지 아주 많이 들어본 이야기가 되풀이될 것 같았다.

결국 나는 그날 저녁 외삼촌한테 허락을 구하고 신촌의 호프집에서 언니와 마주앉았다. 조카를 임신하고부터 지금까지 입에 술 한 방울 대지 않던 언니였는데, 그날은 자리에 앉자마자 맥주를 물처럼 마구 들이켰다. 보다 못한 내가 언니 손을 잡아 제지할 정도였다.

"이런다고 뭐가 해결돼? 정신 좀 차려……."

"미안해, 소현아. 나 이러는 거 추하지? 하지만 어쩌면 사람이, 사람이 그럴 수가 있니? 알고 보니까 내가 민성이 배고 있었을 때부터 놀아나기 시작한 거 있지. 어쩌면 자기 자식이 배 속에 있는데 인두겁을 쓰고……."

이미 꼬부라지기 시작한 혀에서 나오는 익숙한 언어. 예전에는, 엄마가 친구와 통화하면서 수화기에 대고 속삭이는 것을 들었던가? 결혼했다 이혼한 친구들 입에서도 몇 번씩 들었던, 용서할 수 없는 치명적인 배신에 대한 끔찍한 저주들. 앞에 대상을 두지 못한 공허한 분노가 입에서 뿜어나오는 더운 알코올기와 섞여 허공에 둥둥 떠다녔다. 언니는 맥주 반 울음 반을 삼키면서, 이혼할 거라고 몇 번씩 되풀이했다. '이혼하면 민성이는 어쩌고?' 하는 물음에 언니는 취한 정신에도 입술을 꽉 깨물며 아무 말도 하지 않았다.

결국 그날은 나도 많이 취했다. 언니를 택시에 태운 것까지는 기억나는데, 내가 어떻게 집에 들어왔는지 기억나지 않는다. 방에 들어가 옷을 벗어 던지고, 수조를 흘끔 보고 킬킬거리며 웃다가, 대충 잠옷을 걸치고 냉장고에서 물을 한 잔 따라 마시고 잔 것은 어렴풋이 기억난다.

눈을 떴을 때는 한밤중이었다. 처음에는 머리가 쿵쿵 뛰고 몸이 힘들다는 느낌, 그다음엔 타는 듯이 목이 마르다는 느낌이 들었다. 나는 비틀거리며 침대에서 일어나려 했다. 그때 마침 누군가 물을 건네주기에 생각할

겨를도 없이 꿀꺽꿀꺽 들이켰다. 시원한 꿀물이었다. 그리고 잠시 누웠다가 비척거리며 화장실에 가서 채 내려가지도 않은 꿀물과 김빠지고 위산이 섞인 맥주, 안주 쪼가리들을 모두 토해냈다. 한참 헉헉거리며 게우고 나자 속은 좀 편해졌지만 여전히 머리가 아픈 데다 이번에는 몸이 휘졌다. 나는 그만 변기에 팔꿈치를 올린 채 팔에 머리를 묻고 주저앉았다. 화장실 타일의 불쾌하고 차가운 느낌이 무릎을 타고 올라왔다가, 졸음에 밀려 다시 물러났다. 나는 아마 그러고 끔뻑끔뻑 졸았던 것 같다. 그렇게 얼마나 있었는지 모르겠지만, 어느 순간 강인하고 따스한 팔이 내 겨드랑이에 들어와 가볍게 몸을 들어 올렸다. 이어 물에 적신 타월이 다가와 입가를 닦아주었다.

"고마워……."

"쉬잇. 괜찮아요. 돌아가서 자요."

낮고 굵은 목소리가 부드럽게 속삭였다. 그의 첫인상은 그렇게 파편적으로 다가왔다. 강인한 팔, 낮은 목소리, 그리고 푸근한 어깨. 나는 그의 어깨에 기대어 비틀비틀 방으로 돌아왔고, 눈이 풀린 채 그에게 빙긋 웃어 보이고 침대에 쓰러져 잠들었다.

다음 날 아침 시계를 본 순간 깜짝 놀라 눈이 번쩍 떠졌다. 시곗바늘은 이미 열 시를 넘어 열한 시에 가까워지고 있었다. 영어학원은 이미 글렀고, 빨리 준비하지 않으면 외삼촌한테도 야단맞을 것이었다. 나는 몸을 벌떡 일으키다가 그만 소스라쳐 도로 이불을 둘러썼다. 방 한구석에 낯선 남자가 벌거벗은 채 쭈그리고 앉아, 나를 또렷이 쳐다보고 있었다.

"누, 누구세요?"

그러지 않으려고 했는데, 목소리가 벌벌 떨려 나왔다. 이불 저편에서 슬픈 듯한 남자 목소리가 들려왔다.

"역시 기억 못 하시는군요. 전 우렁인데요."

"우렁이?"

나는 이불을 조금 내리고 고개를 빼꼼 내밀었다. 남자는 여전히 벌거벗은 채 앉아 있었다. 나는 도로 이불을 둘러쓰고 소리를 빽 질렀다.

"옷 좀 입어요! 그리고 왜 우렁이가…… 우렁이가 아닌 거야? 왜 우렁이로 안 변한 거야?"

부스럭부스럭 뭔가를 꺼내 챙겨 입는 소리가 나면서 대답이 돌아왔다. 이불을 살짝 내려보니 우렁이는 내 파자마를 어찌저찌 챙겨 입고 있었다. 우렁이가 변해서

총각이 된 남자의 어깨에 나에게는 헐렁했던 파자마가 꽉 끼어 험하게 우글쭈글해졌다.

"어젯밤에 소현 씨가 절 보셨잖아요. 이제 소현 씨 앞에서는 우렁이로 변하지 않아도 돼요."

"내가 언제 봤다고! 아……."

숙취로 산산조각 난 기억의 파편들이 의식의 수면 위에 어렴풋이 어룽거렸다. 나도 모르게 입안을 꼭 깨물었다. 그건 분명히 내 잘못이 아니다. 하지만 또 누구 잘못이람? 우렁이 잘못도 아니다. 우렁이는 늘 그랬듯이 새벽에 사람으로 변해 아침을 지어놓고, 내가 취했으니 꿀물을 타놓으려고 했을 것이다. 하여간 일은 저질러지고 만 것이다.

그날 아침 계속해서 이야기를 하자는 우렁이의 간청을 물리치고 어떻게 씻고 뛰어나갔는지 모르겠다. 숙취와 혼란에 시달리면서 간신히 밤 열 시까지 근무를 마치고 집에 들어오기 전, 할인점에서 싸구려 티셔츠와 청바지 두어 벌, 남자 사각팬티와 러닝을 사면서 혼자 겸연쩍어져서 계산대 쪽으로 눈을 차마 돌리지 못했던 것은 확실한데.

우렁총각을 본 부작용이 다른 사람에게도 그렇게 나타나는지, 아니면 나한테만 그런 방식으로 나타난 것인지는 잘 모르겠다. 처음에는 그다지 다를 것이 없었다. 내가 나가는 시간과 엄마가 나가는 시간을 비슷하게 잡으면 우렁이는 사람으로 변하지 못했다. 내 앞을 제외하고는 사람으로 변하지 못하는 모양이었다. 들어올 때도 마찬가지였다. 내가 엄마보다 늦게 들어와 재빨리 씻고 자버리면 그만이었다. 그렇게 한 달여가 지나자 나는 그날 밤 내가 본 게 꿈인가 생시인가 싶었다.

엄마가 여행만 가지 않았다면, 어쩌면 그렇게 계속 갔을지도 모른다. 엄마가 중학교 동창들과 함께 보름 동안 뉴질랜드 여행을 간다고 했을 때도 처음에는 우렁이 생각이 나지 않았다. 이제 '보이지 않는 우렁이'는 우리 집의 일상이었고, 삼십오만원씩 꼬박꼬박 통장에서 나가는 것도 슬슬 그러려니 싶을 때였다. 적어도 엄마와 내 의견으로는 우렁이는 가격보다 훨씬 효용이 높았다. 그래도 엄마는 여전히 남우세스럽다는 생각을 떨치지 못하는지, 오빠네한테 비밀로 할 뿐만 아니라 오빠네가 올 때면 우렁이가 나오지 못하게 꼭꼭 주의를 주곤 했다.

우렁이가 정성스레 챙겨놓은 짐을 들고 인천공항으로 떠나면서도 엄마는 새삼스레 걱정이 이만저만 아니었다.

"정말 괜찮을까? 너 무슨 일 있으면 외삼촌한테 얼른 전화해라. 아니면 보름 동안 느이 오빠 집에 가서 자든가."

아마 나도 조금쯤 걱정하고 있지 않았다면, 그렇게까지 엄마한테 쏘아붙이지는 않았을 것이다.

"엄마는 오빠네 사이 안 좋아서 맨날 걱정이면서, 이참에 확실히 이혼시키고 싶수? 나더러 어떻게 거기서 보름 동안 낑겨 있으라고 그래?"

엄마의 얼굴빛이 삽시간에 확 변했다. 먼길 떠나는 사람에게 말을 너무 심하게 했다 싶어 나는 서둘러 덧붙였다.

"걱정 말아요. 조금이라도 이상하면 여기저기 연락할게. 외삼촌네도 하고, 지영 언니네도 하고, 오빠네도 하고."

엄마가 떠나고 난 후, 나는 될 수 있으면 집에 있는 시간을 줄이려고 했다. 하지만 우렁이가 사람으로 나타나는 것을 막을 수는 없었다. 객관적으로, 우렁이는 나쁜 남자가 아니었다. 얼굴은 잘생긴 편이고 키도 컸으며, 무엇보다 우렁이 특유의 자상한 성격은 여전했다. 내가 집에 있는 시간이면 우렁이는 사람으로 변해 애절한 눈빛으로 나를 바라보았다. 낮에 책을 좀 들여다보고 있으면 커피와 과일이 담긴 쟁반을 들고 들어와 슬쩍 들이밀었다. 그러나 우렁이의 이런 배려가 나는 더 부담스러웠다. 우렁이가 일하는 모습이 전혀 보이지 않고 우렁이를 사람으로 느끼지 않던 예전으로 돌아가고 싶었다.

마침내 영어학원에 갔다가 돌아온 어느 화요일, 우렁이가 과일 접시를 들고 방에 들어오자 화가 나서 버럭 쏘아붙였다.

"도대체 뭘 바라는 거야? 자꾸 그렇게 굴면 남은 할부값만 달라고 하고 중고로 팔아버리겠어. 나한테 바라는 게 있으면 말을 해."

화가 치솟아 얼굴이 벌개진 나와 반대로 우렁이는 기다렸다는 듯 담담하게 말했다.

"결혼해주세요."

"뭐?"

"모든 우렁이들이 바라는 일이지요. 우렁각시는 총각

과, 우렁총각은 처녀와 결혼하는 것."

"이거 봐, 난 처녀도 아니야! 연애할 때 그런 건 다 끝냈다고."

아마 그렇게 쉽게 사적인 비밀을 뱉을 수 있었던 것은, 우렁이를 인간으로 보지 않기 때문이었을 것이다. 우렁이는 잠깐 얼굴이 붉어졌지만 여전히 차분하게 말했다.

"상관 없어요. 소현 씨는 결혼하지 않았고, 절 봤잖아요. 모든 우렁이들은 자기를 처음 본 처녀 총각과 결혼하는 것이 꿈이거든요."

"안 돼. 난 널 좋아하지 않아. 결혼할 수 없어."

냉랭하게 찬바람을 일으키며, 이미 결정된 사항을 말하듯이 단호하게, 여지를 주지 않고 말하기. 지금까지 모든 책임의 굴레를 잘 빠져나온 나였다. 이제 와서 우렁이 따위에게 포획될 수야 없지. 시댁도 없고 부담도 없지만 사회에서 아무런 지위도 가질 수 없는 우렁이. 그런 주제에 나에게 애정을 품었다는 이유만으로 새로운 관계의 부담을 나에게 지우려는 우렁이. 지금까지 나한테 손 내밀었던 사람들에게 말했듯이, 나는 잘라 말했다. 아직까지 나는 우렁이가 사람이 아니라고 생각하고 있었기 때문에 어떤 면에서는 더 쉬웠다. 그것 때문에 무엇이 바뀌리라고는 생각하지 않았다. 우렁이가 반항한다면 팔아버릴 터였다.

하지만 우렁이는 상처입은 표정을 지었다. 그는 실제로 상처를 입었던 것이다.

"결혼할 수 없다고요?"

"결혼 안 해. 너뿐만 아니라, 누구하고도 결혼하지 않아. 결혼 같은 책임은 지지 않아."

나는 우렁이를 똑바로 바라보며 말했다. 간절하게 내 얼굴을 바라보던 우렁이의 눈빛에 서서히 그늘이 드리우기 시작하더니 반짝이던 시선이 푹 꺾여 들었다. 우렁이는 가슴에 무엇인가 맞은 듯이 온몸을 움찔거리며 경련했다. 나는 깜짝 놀라 나도 모르게 의자에서 일어섰다. 처음에는 긴장하던 어깨가, 다시 어깨뿐이 아니라 온몸이 무너져 내렸다. 마트에서 산 싸구려 티셔츠와 청바지의 형태가 무너지고, 다시 사각팬티와 러닝셔츠의 모양이 무너져 내리며 우렁이는 조금씩 줄어들었다. 다치기 쉬운 연체동물의 속살에서 묻어난 점액질이 옷 위에 가느다랗고 반짝이는 실빛을 남겼다.

나는 잠시 멍하니 있다가, 옷이 무너져 내린 곳으로

다가갔다. 옷 속에서 주먹만 한 무언가가 꿈틀거렸다. 나는 옷을 들치고 우렁이를 들어 조심조심 수조에 집어 넣었다. 우렁이는 반투명한 황갈색 껍질 속에 온몸을 넣은 채, 물속에 들어가자마자 내 손에서 조금이라도 멀리 떨어지고 싶다는 듯이 꿈틀거리며 도망갔다. 수조 바닥에 닿자 슬쩍 고개를 돌린 우렁이의 눈이 원망으로 반짝이는 것도 같았다.

그다음부터 내가 보일 때건 보이지 않을 때건, 우렁이는 다시 사람의 모습을 하고 나타나지 않았다. 우렁이는 배반당한 사랑을 태만한 동거로 되갚아주기라도 하겠다는 듯, 그저 우렁이로 꾸물거리며 수조 속을 기어다닐 뿐이었다. 아무것도 먹지 않는지, 수조에서는 서서히 녹색말이 자라나기 시작했다. 점점 지저분해지는 집 안은 오히려 별것 아니었다. 나는 아무 일도 없는 것처럼 굴려고 했지만, 수조 속에서 원망스레 나를 바라보는 우렁이의 눈길을 무시하기란 쉬운 일이 아니었다. 견디다 못한 나는 엄마가 돌아오기 사흘 전, 나머지 할부값만 받기로 하고 중고 거래 사이트에 올려 우렁이를 팔아버렸다. 우렁이의 새 주인은 나보다 세 살 어린 회사원 아가씨였다. 그 후 그 아가씨한테서 별 연락이

나 불평이 없는 것을 보니, 그 아가씨는 주의사항을 잘 지킨 모양이다. 아니면 우렁이와 결혼했든지. 엄마는 돌아와서 우렁이가 없는 것을 보고도 생각보다 놀라지 않았다.

"잘했다. 제가 아무리 그래봤자 요물이지. 요물 덕을 오래 보면 사람이 뭐가 되겠니."

가을이 깊어갈 즈음의 어느 화요일 저녁, 지영 언니와 나는 다시 신촌의 호프집에 마주앉았다. 지영 언니가 마침내 이혼에 합의했다는 소식을 축하하기 위한 것이었다. 형부, 아니 전(前) 사촌형부는 이혼에 합의하기 전까지 뻔뻔함과 비굴함 사이를 오가며 꽤나 애를 먹인 모양이었다. 하지만 그런 태도는 이혼하겠다는 지영 언니의 결심을 점점 굳힐 뿐이었다. 이제 지영 언니는 전 형부에 대해 아무런 미련이 없었다. 일단 이혼이 확정되자 형부는 아이의 양육권을 깨끗이 포기했고, 언니는 당분간 친정집에 들어가 민성이를 키우면서 대학원에 진학할 방도를 알아본다고 했다. 남들 눈에는 어떻게 보일지 모르지만, 내가 보기에는 이것도 일종의 해피엔딩이었다. 비록 상처를 입었지만 언니는 예뻐하던 아이를 얻었고, 공부를 계속하고, 지저분하게 자기를 속인 남자를 떨궈냈다. 세상에는 똑같은 상처에도 그러지 못할 사람이 훨씬 더 많다. 오늘은 이모가 민성이를 돌봐주신다고 했단다.

우리는 가뿐하게 맥주잔을 들어 올렸다.

"축하해요, 언니."

"축하받을 일인지는 잘 모르겠지만, 질질 끌던 일이 끝났으니까."

하지만 언니의 얼굴은 이전보다 훨씬 밝았다. 맥주잔이 두어 잔 빈 후 내가 짓궂게 물었다.

"그래, 언니는 아직도 나한테 결혼하라고 그럴 거야?"

맥주 두 잔에 얼굴이 발그레해진 언니가 웃었다.

"꼭 관계를 맺는 형식이 결혼일 필요는 없을지도 모르지. 하지만 난 웬만하면 네가 결혼했으면 좋겠다."

"언니도 참 속 좋수. 그렇게 속고 데고도 결혼하라는 소리가 나오네?"

"그러는 너도 전하고는 태도가 달라진 것 같다? 누가 결혼 소리만 해도 펄쩍 뛰더니 네 입으로 그런 걸 물어보는 게…… 뭔가 심경의 변화라도 있었던 거야?"

절반은 맥주 기운을 빌려, 나머지 절반은 지난 시간을 빌려 입에서 말이 술술 나왔다.

"아직 결혼은 아냐. 결혼은 아닌데, 세상과의 관계를 조금 바꿔보긴 해야 할 것 같아. 내가 근 일주일을 우렁이를 등 뒤에 두고 지냈잖아. 아무리 사람 형상이 아니라도, 일주일 동안 원망의 눈빛이 등 뒤에서 번쩍거리는데 그거 참 못할 짓이더라. 그런데 그러면서 이런 생각이 드는 거야. 내가 책임질 수 있고 책임져야 하는 관계를 계속 피해 다닌다면, 늘 이 모양 이 꼴이 아닐까. 항상 제로 상태인 것과, 주는 것과 받는 것이 플러스마이너스 제로 상태를 이루는 게 정말 같은 것일까. 어쩌면 상처를 주거나 받더라도 생활이라는 구덩이에 빠져야만 얻을 수 있는 게 아닐까……."

"어이구, 철들었네."

"또 있다우. 난 심지어 우렁이의 원망 어린 눈초리가, 내가 응당 해야 할 일을 남한테 미룬 사람이 받는 업보가 아닐까 하는 생각도 했어. 내가 먹고 자고 싸면서 나오는 것들은 기본적으로 내가 어떻게든 책임져보려고 해야 하는 것인데, 그걸 남한테 미루려면 돈뿐 아니라 감정까지도 오가는 것을 허용해야 하는 게 아닐까. 물론 우렁이가 나한테 결혼하자고 한 건 오버였지. 하지만 '돈을 냈으니 서비스를 받으면 끝'이라고 생각하는 것도 어쩌면 그 못지않은 오버일 수 있는 것 같아서."

어쩐 일인지, 언니가 제법이라는 눈길로 쳐다보는 것이 그리 기분 나쁘지 않았다. 말을 마친 다음 맥주잔을 다시 들려고 할 때였다. 스피커에서 커다란 음악소리가 울려 나왔다. 쾅콰쾅콰쾅 쾅콰쾅콰쾅 쾅! 컹그래추레이션! 홀 맞은편 넓은 자리에서 환호성이 울려 나오고, 폭죽 소리가 터졌다. 늘 듣기 싫어하던 소리였지만 지금은 견딜 만했다. 언니와 나는 누가 먼저라 할 것 없이 싱긋 웃으며 맥주잔을 들었다.

"언니의 속 시원한 이혼을 축하하오!"

"우렁이를 위하여! 소현이의 다음 애인을 위하여!"

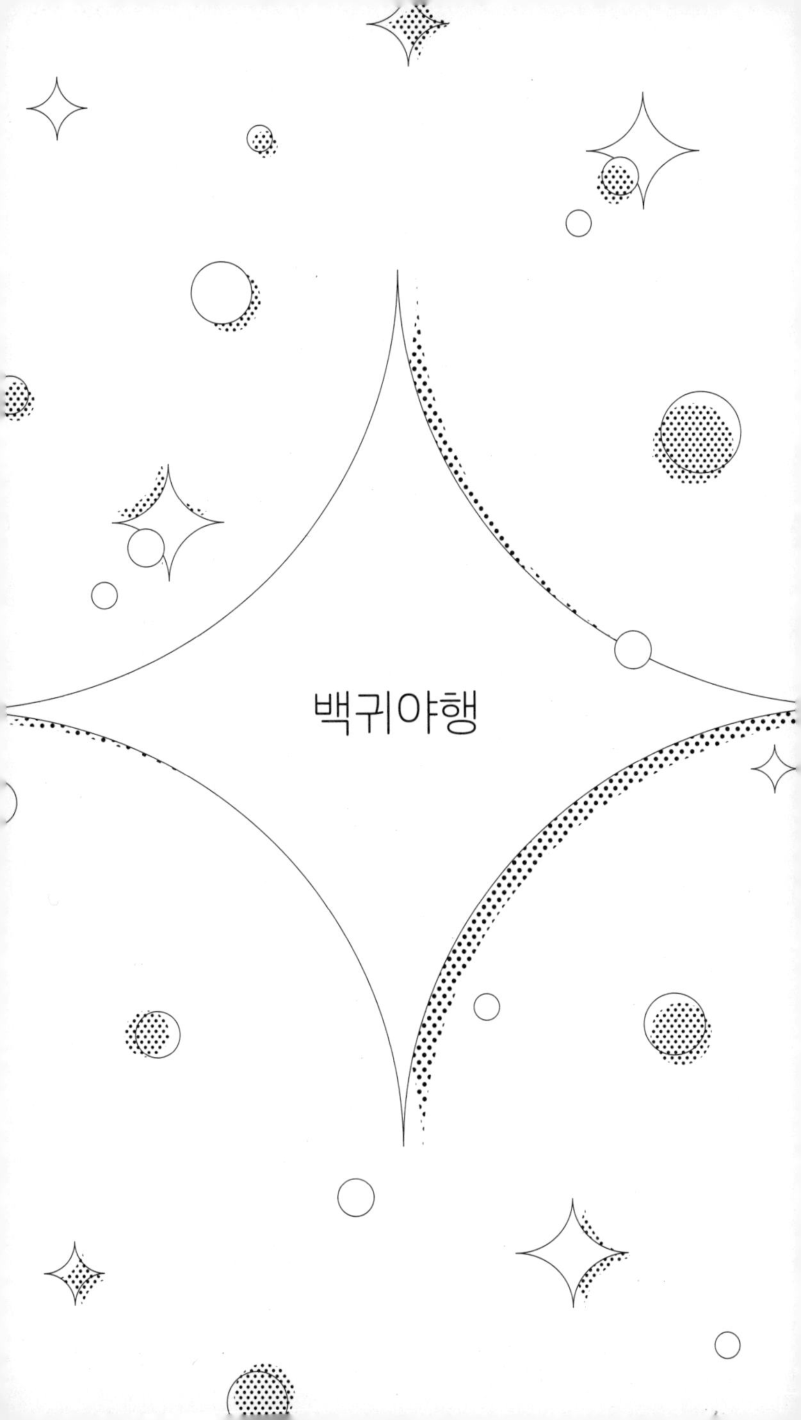

백귀야행

옛 현인께서는 죽어보지도 않고 사후세계를 논하는 처사를 경망하게 여기고, 또한 괴력난신을 논하지 않으셨다고 한다. 그러나 나이 찬 채로 연애도 안 하고 음음하니 오직 책과 공부만을 눈앞에 두고 혼자 사는 여자의 방에 귀신 없을 리 없으니, 어느 화창한 봄날 햇빛을 보내고 난 미연의 댓 평짜리 반지하방에는 음험하고 허랑한 이매망량(魑魅魍魎)이 가득하다. 그중 절반 이상은 옛 책들에 숨어 있는 글귀신들이려니와, 누런 종이와 삐뚤빼뚤한 옛날 납 활자체 사이에 숨어 있는 그 못된 귀신들, 십여 년 전 어느 학생이 그은 볼펜 줄 속에서 태어나 이 손 저 손 거치며 완악해진 글귀신들, 깨끔한 장정에 눈 두어 책방에서 집어온 년의 정이 과해 태어난 귀신들은—그러길래 물건에 너무 정을 두면 안 되는 법이렷다!—이제 한참 푹 익어 위로는 남편과 시어른을 모시며 무릎 아래 아장아장 기어다니는 아기 하나쯤은 두고 있어야 마땅할 계집의 완숙한 음기를 쭉쭉 빨아먹으며 기승을 부린다.

중국에서 날아온 황사가 더덕더덕 붙어 있는 창문으로 허덕허덕 들어오는 햇살은 봄햇살이라 해도 이미 유리창 안에서 한풀 죽어 들어오는 터라 혼자 사는 암컷의 가슴에 시렁시렁 잔물결이라도 일으키기에는 역부족이지만, 쇠전 한푼 쌀 한톨 안 나오는 공부를 하겠다고 멀쩡한 부모와 떨어져 학교 근처에 사는 미연도 봄꽃 가을바람 자연의 이치를 따르는 생물임에야, 만물이 활짝 움트고 벌어지는 시정(時情)에 그저 무감하기야 하겠는가.

하지만 미연이 제 옆구리 허전한 사정을 돌아보고 눈들어 수컷 찾을 여유가 없는 것은 제 방이라고 깔고 앉은 대여섯 평 반지하방의 계약기간이 이제 끝난 터이고, 2년 사이에 코딱지만 한 방 전셋값이 천만원 넘도록 오른 까닭이며, 제 손으로 돈 몇 푼 벌어보지 못한 데다 벌자마자 학교 똥구녁에 갖다 바치기 바빴던 계집이 뒷전에 챙겨놓은 돈 한푼 없음이다. 어찌할까, 글자 귀신에 홀린 것이야 제 팔자인 것을.

그나마 미연이 복이 있다면 굶지 않을 정도 되면서 제 자식을 아끼는 부모를 타고난 것이니, 학원 아르바이트를 전전하고 회사 일이 년 다니다 대학원에 들어와 그동안 모아놓은 돈을 다 쏟아붓고 돈 없는 병을 앓아가며 시난고난하게 살고 있어도 밥 세 끼 굶지 않고 냄비뚜껑 옷장 책상 기타 가재도구에 좀 낡은 컴퓨터까지 방 한구석에 놓여 있는 것은 오로지 부모 덕분이다. 다행히 미연이 사방천지 무수한 귀신들, 그중에 큰 귀신이 부모 자식간의 정귀(情鬼)라는 것 정도는 터득할 정도로 세상 공부를 했던 터라, 큰 귀신 어미 귀신에게 비벼보기로 작정을 했다. 먼 데 사는 부모에게 얼굴 안 보이고 돈 조르기로는 전화가 제일이라. 미연은 뱃속 깊숙이에서 나오는 한숨을 한번 푹 내쉬고 전화기 수판(數板)을 눌러본다. 배배 꼬인 신호가 귓전을 울리는데, 과연 부모가 받으면 기쁠지 안 받으면 기쁠지 자기도 잘 모르겠지만 어차피 한번은 거쳐야 할 일이니 눈 딱 감고 전화를 한다. 전화기에 불어넣는 제 소리가 칼칼하니 갈라진 것이 제가 생각하기에도 처량하다.

— 엄마? 나 미연이요.

— 미연이냐? 별일 없냐? 논문은 잘돼가고? 이번 학기만 끝나면 졸업, 맞지?

— 이번 학기에 논문을 쓸 수 있을지 잘 모르겠소. 방 계약 기간이 끝났는데…….

— 수업은 저번 학기에 모두 끝났다며? 그러면 학교 내내 안 나가도 되는 것 아니냐? 마침 잘됐네. 얘, 축하해라. 느이 오라버니가 사귀는 사람이 있는 모양이다. 색시를 보았는데 눈을 내리깔고 새침하게 앉은 것이 용태가 얌전하니 맘에 든다. 니 방 빼서 돈 만들어 가을에는 수근이 장가보내주자.

어미 귀신 목소리 뒤에서 숨어 있던 적군이 몰려나온다. 어미 귀신에게는 미연만 자식이 아니라 더 크고 더 아끼는 자식이 있었던 걸 왜 기억하지 못하고 있었는지, 미연은 눈앞이 개나리꽃 빛깔로 노래지고 비소 역청을 먹은 듯 창자가 녹아내리는 기분이지만 숨 흡 하고 들이쉬고, 발에 단단히 힘주고 버팅겨본다. 호랑이한테 물려가도 정신만 차리면 살아난다 하지 않았더냐.

— 엄마, 나는 못 하네. 한번 올 때마다 두 시간씩, 수원에서 신촌까지 왔다갔다 네 시간을 버리고 다음 학기에 논문 못 쓰네. 게다가 내 방 빼어 오라버니 장가보낼 정도로 우리 집 형편이 절박하지 않은 것도 아네. 나는 외려 방값이 올라서 여기서 더는 못 살겠길래, 에미가 자식 아끼는 너그러운 마음을 널리 펩시사 오른 방값 좀 채워달라고 전화했네.

— 계집아, 이 계집아가 하는 소리 좀 봐라. 암컷이 나이가 찼으면 얼렁얼렁 짝을 찾아 부모 무릎에 새끼를 안겨드릴 생각은 하지 않고, 돈도 안 나오고 장래에 대한 투자도 되지 않는, 아무 짝에도 쓸모없는 국문학 공부를 한다고 집 밖에 나가 뭔 짓을 하고 돌아다니는지 모르는 것도 가만 참고 앉았더니만, 이제 돈을 더 내놔라? 아서라 말아라 요년아. 형제가 한꺼번에 시집장가 가면 동티가 난다고 하니 내 이번 해에는 재촉을 안 하겠다마는, 너도 빨리 허우대 멀쩡하고 처가에 충성하고

쇠전 잘 버는 남정네 하나 얼른 꿰차갖고 오지 못하겠냐? 간판을 따야 하니 논문이야 끝내야겠지마는, 그다음에는 내가 돈 대줄 테니 요리학원이나 다니면서 집안일을 도우렸다. 그것이 나이 찬 딸아의 도리요 부모에게 효도요 나라에 충성이니, 잔말 말고 시행하여라.

— 엄마 그게 무슨 소리요. 석사 다음에는 박사요 박사 다음에는 강사요 강사 다음에는 박사논문이니, 박사논문을 어쨔저쨔 끝낸다 하여도 학회지에 글 쓰고 문예지에 평론하고 그러면서 어디 빈 교수자리 하나 없나 목을 빼고 기다리며 강사질을 하면서 동에 번쩍 서에 번쩍 이 학교 저 학교, 이 사람 저 사람 만나고 돌아다니다 그중 나이 맞고 마음 맞는 홀몸 남자나 하나 있으면 어찌어찌 배 맞출 생각을 해보는 것이지 지금 당장 혼인 운운하는 것은 그럴 여유도 없거니와 내 그럴 능력도 안 되오이다.

— 혼인도 때가 있고 새끼도 때가 있다. 네가 능력이 안 되면 내가 짝을 맞춰줄 터이니 말도 안 되는 핑계는 대질 말아라. 석사 따고 박사 딸 때까지 마냥 기다리다가, 사내 보면 꼬리칠 줄도 모르고 야살도 못 떨고 애오라지 글줄만 팔 줄 아는 네 능력 믿고 기다리다가, 네 애

기집 다 말라비틀어지겠다. 자식이라고 세상에 내보내 놓고 그 꼴은 못 보겠다.

— 엄마 엄마 내 말 좀 들어보소. 짝짓고 새끼 까는 것이 세상 태어난 전부가 아니오. 내 지금은 남정네를 찾아 암내 피울 정신도 여력도 없거니와, 있다 해도 그렇게 살림하고 그릇 닦으며 애 젖 물리고 살고 싶지는 않은 것이 내 솔직한 심정이오. 나 시집갈 때 생각 말고 돈 있으면 지금 나 공부하게 내놓으시오. 그게 엄마가 진정으로 나를 위하고 자식을 위하는 길이오.

— 그 무슨 천륜 지륜 인륜에 벗어나는 얘기냐. 계집년 지가 한다 해서 공부라고 시켜놨더니 허파에 바람 들어 하는 소리 좀 보소. 예끼 이년아 아버지 들으시는 데서는 그딴 얘기 입밖에 꺼내지도 말어라. 자고로 계집년이란 서방 잘 만나 귀염받고 이쁨받다가 제 고운 태가 시들 녘해서는 아들내미 낳아 모가지 빳빳하게 들고 다니는 법이니라. 네가 미국에 태어난 것도 아니고 법국에 태어난 것도 아닐진대, 저기 저 뼈대 굵고 걱실걱실한 서양년들 흉내는 아예 낼 생각도 하지 말아라. 양년들도 제대로 곱게 큰 여자들은 다 결혼해서 남편 잘 모시고 잘 살더라. 바람난 남편도 끝까지 감싸 모신

힐러리를 보아라. 영국을 쥐락펴락해도 앞치마를 두르던 대처를 보아라.

— 엄마하고는 말이 안 통하오. 나는 내 살길을 찾아볼 터이니 헤살이나 놓지 마오.

— 미친년 엄마 말을 고이 듣지 못하겠느냐?

— 시끄럽소. 그만하오. 돈 보태주시지 않는 걸로 알고 끊겠소.

마지막 믿던 의지처에서 문전박대당한 미연, 수화기 내려놓고 수화기와 함께 넋도 놓고 한숨 푹푹 쉬다가 2년 전 선배 귀신 얘기를 떠올린다. 미연이 처음 대학원 들어올 때 석사 노땅이던 선배 귀신, 지금은 박사과정 올라가고 미연과 절친해진 선배 암귀신이 술에 취해 말하기를,

— 일단 대학원에 들어온 이상 세상이 다 네 적이니라. 불쌍하다 불쌍하다 네 앞날이 불쌍하다. 네가 돈도 못 벌고 앞날도 보이지 않는 사망의 음침한 골짜기에 들어왔구나. 도살장에 끌려온 송아지마냥 암흑 속에 사방으로 대적에 둘러싸여 오들오들 떨겠구나.

— 선배 이제 갓 대학원에 들어온 어린 아해에게 격려는 못 해줄 망정 그게 무슨 소리요.

옆에서 다른 암선배가 간하니 이것도 마찬가지로 인두겁을 썼으되 세상 빛을 못 보고 종이 쿠린내 사이에서 누렇게 떠서 시들어가는 귀신이라. 대저 국문과 대학원이라는 곳이 암컷이 많고 수컷이 적은 까닭은 국문과를 나와서 벌어먹고 살 길이 암담함이요, 제정신 가진 사내놈이라면 제 가솔들 입에 풀칠할 책임을 잊지 않는 까닭이다. 자연 음기가 성하고 양기가 쇠하니 멀쩡한 사람도 귀신이 들려 2년 3년 후면 이광수 염상섭 김동인을 지 애비 에미보다 더 찾으며, 모더니즘 리얼리즘 포스트모더니즘에 루카치 데리다 들뢰즈 라캉을 목마른 술꾼 아침에 냉수 들이켜듯이 하니 가히 제정신을 가진 사람은 버텨내기 어려운 복마전이라. 사망의 골짜기라는 말도 그리 틀린 것은 아니다.

마침 생각난 김에 미연은 다시 전화기를 들어 그 선배 귀신에게 손전화를 하니, 선배에게 무슨 신통방통한 해결책을 바라기보다는 이 좋은 봄날 집에서 구박받은 것이 억울해 술이나 한잔하며 하소연을 하고 싶은 궁상 천더기의 소위다.

— 언니 언니 지금 어디요? 별일 없으면 술 한잔하소.

— 잘 만났다 잘 걸었다 내 너 만나서 의논할 바가 있다. 너도 알다시피 집값이 하늘 턱밑까지 뛰어올랐으니 네나 나나 집 떠나 손바닥만 한 방에 기거하는 자취생으로서 돈 사정이 곤하고 궁하지 아니하냐? 너는 어떨지 몰라도 나는 전세기간이 다 끝나가는 세입자로서 심히 마음이 불편하구나.

— 마소 마소 말을 마소. 나도 지금 집에 이사할 돈 보태달래러 전화했다가 눈물 쏙 빠지게 혼쭐만 나고 전화 끊었소. 집에 돈이 없는 것 같으면 말을 안 하겠소. 우리 어머니가 운 좋고 이재에 밝으셔서 IMF 때 개포동에 삼십 평 아파트를 일억오천에 샀는데 지금 그것이 십억이 넘는다오. 주식도 바닥을 칠 때 사둔 것이 조금 있다오. 부모는 부자라도 자식은 가난하오. 대학원 다니면서 이년 전에 방 얻어준 돈 말고 따로 받은 것 없소. 나는 이년 내내 과외에 조교 장학금으로 허위허위 학교 다녔소.

— 내 첫날부터 말하지 않았더냐. 인문학을 하려면

세상이 다 적이지만 가족은 그중 대적이라. 있으면 있는 대로 없으면 없는 대로 자식새끼를 바라보는 눈은 돈 벌어라 결혼해라 자식 낳아라 반짝반짝하니 마음 약한 자식은 그저 넘어가는 것이니라. 있는 집 자식이라도 인문학도는 투자 기피 대상 일호니라. 오죽하면 아침 드라마에서 마담뚜가 '아무리 유학 갔다 왔다 해도, 요즘 농촌 총각 다음으로 인문학도는 소개하기가 어렵습니다. 교수라면 모를까…….' 할까.

— 창피하고 남우세스러운 얘기지만 내 언니니까 말하겠소. 술집 나가는 선수 아가씨들 모여 사는 동네가 싸다길래 내 그쪽으로 알아볼까 하는 생각도 했었다오.

— 야야 네가 세상 물정을 모르는구나. 그쪽 아가씨들은 돈을 현금으로 척척 주는데 집주인들이 뭐 하러 전세받고 있겠냐. 월세로 다 돌렸지. 네가 그 아가씨들을 너무 쉽게 봤구나. 세상이 그리 만만한 게 아니다.

인문관 도서관 돌건물들을 옮겨 다니며 서식하던 두 귀신이 전화로 입이 맞고 나니 나오느니 한숨이요 한탄이다. 어찌어찌 만날 약속을 하고 술집에 앉아 코흘리개들을 쥐어박고 목 터져라 옛날 지식을 울궈내 과외한

대가로 받은 돈을 쪼개 맥주를 마시면서도 한참 온갖 장탄식에 세상 비방을 해대더니, 마침내 선배 암귀신이 제 이야기 줄기를 꺼낸다.

— 네가 알다시피 우리가 돈이 없지 아니하냐.

— 그렇소.

— 지금 있는 곳에 엉덩이 붙이고 머무를 돈조차 없지 아니하냐.

— 어쩌겠소. 학업 마칠 때까지는 조금이라도 싼 데를 찾아 민들레 홀씨 되어 날아다녀야 하지 않겠소.

— 너도 그렇고 나도 그렇고 집안에 입 벌려 돈 더 달랄 수가 없는 형편이니, 우리 둘이 돈을 합쳐 방을 얻으면 조금 수월하지 않겠는가. 같이 살면 어렵고 서로 맞지 않는 일도 많을 것이나, 그쯤이야 돈의 장벽 앞에서 우리가 좀 참아야 하는 것이 아니겠는가.

— 어찌 그리 기특한 생각을 하였소. 언니가 내 구세주요. 그리해준다면야 감읍할 따름이오.

두 책귀신이 큰 문제를 해결하고 한시름 놓은 마음에 깔깔거리며 술잔을 들어 권커니 잣커니 건배하니 주귀(酒

鬼)가 또 세상에 무서운 귀신이라. 몇 순배 돌고 나자 미연의 눈시울이 붉어진다. 대한민국 이등 국민인 여자로 난 설움에 돈 못 버는 설움에 입으로만 추킴받지 실제로는 어디 가나 천대받는 학문을 하는 설움이 겹치니 미연은 차마 울지는 못하고 제풀에 깔깔 웃으며 말한다.

— 언니 언니 내가 돈이 백억이 있으면 무얼 하고 싶겠소?

— 무얼 하고 싶으냐?

— 무인도를 하나 사서 커다란 대학 지어 돈을 펑펑 써서 세계 석학 모셔놓고 똑똑한 학생 몇 놈을 뽑아 인문학을 가르치되, 학비 전액 면제에 생활비를 지급하고 유학 갈 놈 유학 보내고 공부할 놈 받쳐주어 한국 전역에 인문학 창성을 보고 죽는 것이 내 꿈이오.

— 뜻은 가상하다만 백억 갖고는 한참 모자라다.

— 백억이 안 되면 백억 달러로 하지. 하여간 나는 그러고 싶소.

— 나는 너처럼 착하고 큰 뜻 없어 백억이 있으면 그저 이 한몸 보존하여 커다란 집을 짓고 책이나 다 들여놓아 도서관을 세우고 그곳 사서 하면서 공부하는 것이

꿈이라면 꿈이로다. 아니면 삼십억쯤 평생 먹고살 돈으로 떼어놓고 나머지 칠십억으로 출판사를 하나 차려 좋은 번역자 구해다가 돈 안 되는 양서 고서 들을 펑펑 찍어내는 것이 꿈이로다.

— 언니나 내나 꿈은 좋으나 돈이 없으니 봄날 꽃그늘 아래 헛꿈이오.

두 귀신에 술귀신까지 세 귀신이 의기투합하여 그날 홍대 저잣거리에서 대취한 채 새벽까지 잔을 놓지 않았다 한다. 그러나 쇠뿔은 단김에 빼는 것이 좋은지라 다음 날 빛이 밝자마자 힘겹게 몸을 일으켜 냉수 한 잔으로 해장하고 강의시간 조교 근무 세미나 틈새 짬짬마다 네이버에 직방 피터팬 당근마켓까지 동네 부동산을 샅샅이 뒤지며 둘이 살 집을 알아보는데, 학교 근처에 두 방 전세금을 합친 금액만 한 적당한 집은 하나 나섰으나 원래 둘이 살던 방 넓이를 합친 것보다 좀 작다. 사내 살림은 오히려 단출하나 나이 찰 대로 찬 이년 살림과 저년 살림을 합치려니 덩치가 만만찮아 결국 양쪽 다 눈물 찍 콧물 찍 하며 세간 살림과 정든 책을 얼마간 떠나보내야 할 형편에 이르렀으니, 그래도 선배 귀신은 본가에 책을 갖다놓으면 해결되나 미연은 제 어미가 책귀신 글귀신 공부귀신에 빼앗긴 딸년을 찾겠다고 집에 책 갖다놓으면 모두 버린다고 엄포를 놓아 그도 여의치 않게 되었다.

그렇게 집 찾으며 다니는 와중에 들어선 것이 병귀(病鬼)라, 미연의 아랫도리가 욱신욱신하더니 암컷에게만 있는 구멍이 따끔따끔 아리면서 치즈 조각 뭉갠 듯한 허연 물을 쏟아놓고 며칠 지나니 피오줌까지 나오는지라. 난생처음 당해보는 일에 당황하고 창피한 데다 아랫도리를 쿡쿡 찌르는 통증이 참을 수 없을 정도라 차마 미혼 처자로서 할 짓 아니나 억지로 용기 내어 손깍지를 꼬아가며 산부인과 대기실에 앉았는데, 아프기도 아프려니와 모든 사람이 저만 쳐다보는 것 같아 고개를 푹 숙인 채 곁눈질도 못 하고 앉아 있다. 간호사가 호명할 제 행여나 누가 제 이름을 들을까 화닥닥 일어나 어기적어기적 진료실로 들어가는데, 들어가보니 아뿔싸 남자 의사라 제 아랫도리를 맡기고 싶지 않으나 이미 들어온 이상 어쩔 수 없어 기어들어가는 목소리로 증상을 말한다. 오줌을 받아 오고 간호사 시키는 대로 바지

벗고 팬티 벗고 인조섬유 고무줄 통치마로 갈아입고 양다리를 쩍 벌린 채 의자에 누웠다가, 뭔가 차가운 것이 구멍을 푹 후비고 들어오는 감촉에 부르르 몸을 떤다. 무얼 갖고 후비는지 의사 손 한번 움직일 때마다 아랫도리는 가려운 곳 긁히듯이 옴질옴질하며 시원해지고 또 인체 급소를 후비니 꼼짝을 못 하겠고 생전 처음 처녀가 산부인과에 들어온 부끄러움에 제 발이 저려 차마 무슨 병인지 제 입으로 물어보지는 못하고 의사 입에서 떨어지는 한마디를 금과옥조처럼 받아안는다.

— 칸디다성 질염이네요. 이게 방광까지 갔나보네. 어고, 심하네.

칸디다성 질염이 무슨 병인지 미연이 알 바 없으나 그래도 심하다는 말에 가슴이 철렁 내려앉아 옷을 다시 챙겨 입고 빵점짜리 시험지 받은 초등학생마냥 얌전히 의사 앞에 앉았더니 의사는 필체를 알아볼 수 없는 영어를 쓱쓱 갈겨써서 간호사한테 넘겨준다.

— 될 수 있는 대로 피곤한 일은 피하시고, 오늘 주사

맞고 약 받아 가시고 이틀 후에 다시 와서 소독하세요.

엉덩이에 주사 맞고 차마 남이 볼까 얼굴 뜨끈하며 병원 나와 집에 와서 귀에 담아두었던 칸디다성 질염이 과연 정체가 무엇인가 인터넷에서 뒤져보니, 면역력이 떨어져서 생기는 가장 흔한 질염이고 여성 네 명 가운데 세 명이 평생 한 번은 경험해본다 하여 조금 마음이 가라앉는 듯도 하다. 과로, 몸 상태 저조, 스트레스, 피임약 복용이 원인이 될 수 있다 하는 말을 보고 며칠 전 통음이 생각나며 가슴이 뜨끔하지만 귀신이 귀신인 것은 돈도 없고 빽도 없는 데다 생기를 잃고도 지상을 안 떠나고 어찌어찌 살아보려고 버텨보려고 분대질하는 그 뻔뻔함에 있는지라. 더구나 나이 든 처녀로 묵은 홀몸 귀신은 그중에서도 뻔뻔하기가 극악하여 당장 죄 없는 모친에게 전화 걸어 호통친다.

— 엄마가 아주 나를 잡았소. 자식 공부한다는데 어차피 자식 이기는 부모 없고 엄마가 마음 있은들 날 억지로 코 꿰어 결혼시키지도 못할 거면서 전세금이나 선뜻 내줄 일이지, 그랬으면 내가 스트레스로 질염까지

걸렸겠소. 결혼도 안 한 딸자식이 산부인과 들락거리니 엄마 마음 참 좋겠소. 과로하지 말라는데 며칠 후 이사니 나는 모르오.

— 이년이 생사람을 잡는구나. 남들 하는 대로 회사에서 남의 돈 받고 나이 차기 기다리다 집안 좋고 허우대 좋고 성격 좋은 사내 찾아 결혼하지 못하고 스트레스 받아 머리털 빠져가며 공부하는 것이 네 능력 부족에 네가 모진 탓이지 왜 내 탓이냐? 어미가 자식새끼 이만큼 돈을 들여 입때까지 키워놨으면 됐지 더이상 뭘 바라냐? 예끼 요망하다 네년의 뻔뻔함이 하늘을 찌르는구나.

하고 구구절절 옳은 소리로 대꾸를 하면서도 부모는 평생 자식 앞에서는 죄인인지라 나이 오십줄 어미가 봄볕 좋은 하루 날 잡아 수원에서 몸을 떨쳐 딸년 방에 행차한다. 지하철 타고 내려 마을버스로 갈아타고 앉아 바깥을 내다보니 유리창을 채운 빛이 화사하고 눈부시니 봄빛이라. 길가마다 개나리요 진달래에 목련이 제 온갖 색깔을 뽐내며 늘어선 것이 마음 약한 사람은 눈앞이 어질어질 얄미운 꽃빛이 가슴에 어룽거려 제대로 서 있지도 못할 판이다. 멀쩡한 집 양지바른 자기 방을 놔두고 학교 근처라고 반지하방에 들어앉아 이 좋은 봄날을 하루하루 보내는 딸 생각을 하니 마음이 더욱 황망하여 길을 건던 차에 몇 번이나 발을 헛디딜 뻔하였다.

딸 방에 도착해보니 더욱 가관이라, 찬란한 꽃빛 보고 오던 눈에는 토굴같이 어두컴컴한 방 안에, 2년 전에 이백 권 남짓하던 책들이 어느새 배로 몸피를 늘려 이쪽 벽에 기대 있고 저쪽 바닥에 널브러졌다. 책상 위에 놓인 것은 잡지요 여기저기 복사지 프린트 용지에 메모 조각이 어지럽다. 아프다는 말을 미리 듣고 와서 그런지 그 난장판에 딸년 얼굴이 노래진 채로 이불도 안 걷은 채 허리 묻고 새들새들 바닥에 앉아 있는 꼴을 보니 갑자기 딸년한테 전화로 시달려 분한 용심이 사라지고 애처로운 마음이 하염없이 솟아난다.

— 아이구 내 새끼야 네 모양이 가련하다. 갓 뽑은 떡가래처럼 뽀얗던 내 딸 얼굴이 무슨 고생 겪다가 이리 누렇게 다 떴노. 그래 그 힘든 공부 사내들한테나 시키고 너는 꽃이 되고 보배 구슬 되어 안방에 들어앉아 새끼 하나씩 양옆 허리에 차고 남정네가 물고 오는 돈으

로 알뜰살뜰 살림하면 어찌 아니 좋을쏘냐. 왜 그리 힘들고 어려운 길을 택해 부모 마음을 미어지게 하느냐.

— 허튼 소리 시끄럽소. 엄마는 아빠만 믿고 아빠 벌어다주는 돈으로만 살았소? 엄마가 늘린 재산이 더 많은 것 내가 아오. 이건 돈은 안 늘어도 내가 좋아서 하는 일이니 의기나 꺾지 마오. 손이 넷일 때 짐이나 같이 쌉시다.

— 딸아가 이런 퉁명이니 제정신 박힌 사내가 좋아할 리 있겠는가.

생각해주는 소리를 불퉁맞게 튕겨내는 딸년 소갈머리에 가볍게 핀잔은 주면서도 수십 년 살림에 익은 손이 저절로 잽싸게 움직인다. 노란색 빨간색 파란색 비닐 노끈을 움켜쥐고 책을 척척 묶어 바닥에 늘어놓고 또 그 위에 책 묶음을 올려놓는다. 세간살림은 근처 가게에서 가져온 박스에 넣고 청테이프로 찍찍 붙여 차곡차곡 쌓아놓는다. 버릴 책과 잡지는 착착 모아 문간에 두는데, 딸한테 한마디 물어보지 않아도 허투루 버리는 것 하나 없다. 두 모녀가 서너 시간 끙끙거리니 대충 이삿짐이 꼴을 갖추어 방 안에 늘어섰다. 네 시 땡 치자 어미가 화들짝 놀라 허리 펴고 일어선다.

— 이제 대충 된 거냐. 지금 가야 느 아버지 느 오래비 저녁 차려준다.

— 엄마가 도와주어 생각보다 일이 훨씬 빨리 끝났소. 잘 가소. 이사는 이번 주말이오.

무뚝뚝하게 대답하기는 해도 속으로는 어미가 고맙다. 좁은 현관에서 신발을 꿰신던 어미가 문간에서 망설이다 핸드백에 손을 넣어 주섬주섬 흰 봉투 하나 건네준다.

— 내가 교회 때문에 그날 와서 직접 살피지는 못하겠으나 이거라도 이사 비용에 보태 써라. 특별히 깨질 짐 없다 해도 딸아가 혼자 이사하는데 돈 아끼다가 이사꾼들이 거칠게 굴까 무섭다.

— …….

부모 속을 썩이고 말은 못되게 해도 이것도 한때 사람 구실 부모 봉양 알콩달콩 살아보기 꿈꾸던 때가 있었는지라, 제 못난 줄 제가 알아 아무 말 못 하고 눈시울이 뜨끈 목울대가 울컥하며 봉투를 받아 든다. 어미 보내고 액수를 세어보니 근 오십 장에 달하는 빳빳한 푸른 지폐가 가지런히 들어 있어 다시 한번 미안한 마음 가누지 못하고 어미의 정에 감격한다. 한편 어미는 오는 길에 시장에서 냉이 달래 봄나물에 자반고등어까지 사다 집에 와서 번개같이 김치찌개 끓여내고 고등어 구워내어 저녁 밥상 차려내니 정년퇴직한 지아비와 회사 다니는 아들 녀석 어미가 오늘 어디 갔다 왔는지 뻔히 아는지라 밥상머리 와 앉으며 한마디씩 내뱉는다.

— 이삿짐은 대충 쌌나?

— 걔는 그래 꼭 이 년 더 바깥에 있겠대요? 국문과가 잘 팔리는 과도 아니고, 공부한들 여자한텐 교수 자리도 잘 안 난다는데 뭐 박사까지 더 하겠다고…….

어미가 듣자하니 일 다니는 것도 아니면서 따라도 안 오고 손 하나 까딱 안 한 아비가 딸년 이사에 하는 말이 공치사도 아닌 것이 관심도 아닌 것이 그저 남의 불구경에 쯧쯧하는 빈말치레 같아 은근히 부아 나는데, 아들놈이 하는 말은 거기서 한술 더 떠 누이 사정 안 돌보고 그저 제 장가 지장 있을까 걱정하는 눈치가 빤하니 어미가 그만 밥상머리에서 역정이 나고 만다.

— 걔가 그래도 여자 몸으로 태어나 남들처럼 집 안에 주주물러 앉을 생각 없이 공부할 뜻이 크니 장하기 그지없다. 너는 사내녀석 되어 부모가 공부시켜준달 때 뜻을 세워 한길로 밀고 나가 큰 인물이 될 생각은 없더니 어린 누이가 곤고한 가운데서 공부 뜻을 붙잡고 나가는 걸 못 잡아먹어 안달이냐?

— 엄마는 무슨 말을 그렇게 해. 못 잡아먹어 안달이라니 누가…….

말꼬리를 흐리는 것이 저도 찔리는 바가 있는 모양이라, 어미가 금쪽같은 아들을 차마 더 다그치지는 못하고 그저 마음으로만 미연이 안쓰럽다.

마침내 시간 지나 이삿날이 다가오니 다행히 전날 저녁 흐리던 하늘은 아침 되자 언제 그랬더냐 햇살 환히 청청하고, 힘깨나 쓸 만한 사내 후배 불러다가 냉장고

세탁기 큰 짐을 내라 하고 작은 짐은 제가 내고 일꾼들 와서 용달차에 짐을 싣고 지갑 통장 계약서는 가방 넣어 허리에 찬 채로 트럭에 달랑 올라타자 일꾼들도 이 좋은 봄날 빨리 한탕 더 뛰고 싶어 득달같이 차를 몰아 내뺀다. 차 나가기 전 이사 들어오는 차와 마주치는데 보아하니 그 차에 실린 것도 태반이 묵은 종이 묶음이라, 아하 이 방에 들어오는 너도 또한 갈데없는 학생 귀신이로구나 엇따 어디 어느 과 귀신인지 한번 보자 하고 슬쩍 차에서 내려 눈에 힘을 주어 책 제목을 훑어보니, 노동의 종말이며 마르크스니 세계체제니 근대성이니 어쩐지 눈에 익은 단어들이 언뜻언뜻 보이는 것을 보아 정치외교나 사회학과 같다. 내보다야 낫겠지만 너도 학교 다니는 동안 벌어먹고 호강하며 살기는 틀렸구나. 이공계 원생들은 프로젝트다 뭐다 해서 그나마 살림이 핀다던데 네나 나나 그쪽과는 거리가 멀구나, 동기들 사회 진출 속 태우며 바라보고 부모 채근에 똥줄깨나 타겠구나 쓰디쓰게 웃으면서 차를 타고 사라진다.

새로 살 집에 도착하니 선배는 전날 오후 집에 들어 큰 짐은 정리가 대충 끝난 터라, 미연의 짐 내리고 정리를 도와준다. 선후배가 합심하여 책짐 옷짐 들여놓고 용달비를 줘 보낸 후 시계 보니 저녁이다. 큰 짐들을 이리저리 밀어놓아 간신히 두 사람 허리 펴고 누울 자리 마련하고 종일 수고한 후배 불러 그만하자 하고 저녁 먹으러 새 집을 나선다. 이사철 황혼녘에 일 끝내고 달려가는 포장이사 차가 하루 종일 허리가 끊어지게 발이 부르트게 고생한 남의 애를 끓으나, 위를 보면 한이 없고 아래를 보아도 한이 없으니 그저 두 눈 질끈 감고 못 본 척 외면한다. 두 귀신이 작당하여 모의하기를 오늘 우리가 후배 불러 일을 시켰으니 섭섭지 않도록 거하게 먹여 보내자 하고 삼겹살집 데려가니, 아직도 염증 있는 미연이나 후배 대접하는 고기와 소주잔을 앞에 두고 맑은 잔을 기울인다. 고기 굽는 연기 사이로 연초와 시름 태우는 연기도 모락모락 올라간다.

— 등록금이 드디어 사백이 넘었으니 다음 학기부터 또 어떻게 메꿀까나…….

— 이번 학기 졸업하는 선배들은 갈 곳 없어 헤맨다더라.

— 이번 학기만 그렇겠수. 앞으로 점점 더할 텐데.

— 이번 학기에 논문 쓰는 사람이 많아서 제출 기간이 일주일 당겨졌대요.

그 나물에 그 밥인 바닥에서 불러온 선후배지간이라 서로서로 돈 걱정 장래 걱정 논문 걱정이 낙화처럼 분분하매 그런 아무 생산성 없고 쓰잘데없는 이야기 가지고도 서너 시간 막힘없이 떠든다. 미연은 내심 어지러운 방에서 어찌 잘꼬 걱정되나 취기가 후끈 돌자 에라 만수 에라 대신이야 서러운 춘풍이 이렇게 부는데 공부할 돈도 달랑달랑한 신세에 몸 담을 한칸 방이 있는 것만으로 그저 눈물겹지 방바닥이 어지럽고 깨끗하고가 무슨 상관이냐. 한마디로 막가파 분위기가 되어 이런저런 걱정과 시름을 잊고자 술을 마신다.

밤 열 시쯤 되어 거나하게 취한 채로 길바닥에 나와 보니 아직은 환절기라 밤바람이 쌀쌀하다. 후배와 작별한 후 동거녀 둘이서 어깨 겯고 흥얼흥얼 신세 타령 장단 맞춰 걸음을 옮기는데, 미연이 문득 눈을 들어 하늘 보니 밤하늘에 별은 없고 이 불빛 저 불빛에 가게마다 이 시간까지 기를 쓰고 울려 나오는 소음이 그저 괴기하여 늘 보던 세상이나 딴세상에 온 것 같다.

그 세상 하늘에는 수백 가지 귀신들이 날뛰며 사람을 희롱하니 지금까지 등장했던 주귀 서귀 학귀 병귀에 혹 인연이 과해 귀신이 되기도 하고 혹 쓸모없는 것들이 밀려나 귀신이 되기도 한다던데, 쓸모없기로 말하면 나도 멀쩡한 사람 아니요, 사람 구실 못 하고 골방에 처박힌 귀신이니 나도 밤하늘에 올라가 미친 듯이 구름을 밟고 뛰놀며 이 끝도 없고 시작도 없는 공부가 한날 돈 못 버는 아집인 세상을 내려다보고 비웃고 싶노라. 미연이 이미 제가 귀신인 줄은 모르고 술 취한 정신에 웃으며 밤하늘을 향해 소리치니, 봄날 대학가에서 귀신들이 횡행하는 백 가지 이유 중 하나가 과연 이와 같은 것이다.

히로시마의 아이들

[내 방에 책 보러 갈래? 재미있는 사진이 있어. 그랜드 캐니언 사진이랑 유니버설 스튜디오. 과학책도 있고. 너 원자폭탄 사진 본 적 있니?]

태양. 사막. 열. 빛. 지평선. 바람. 피. 죽음.

인터넷을 뒤지다가 가끔 마주치는 원자폭탄 사진에는 이 모든 것이 담겨 있다. 아주 어릴 때부터 나는 원자폭탄 사진을 볼 때 이상한 매혹과 역겨움을 함께 느꼈다. 오히려 피폭자들의 처참한 사진을 볼 때는 느끼지 못하는 어지러운 역겨움이다. 원자폭탄 사진의 구도는 대체로 단순하다. 길게 누워 있는 대지 위에 커다란 구름기둥이 솟아오르고 그 위에 브로콜리 갓이나 기형적으로 자란 버섯갓 같은 것이 얹혀 있다. 초등학교 3학년 이후부터인가, 원자폭탄 사진을 보면 나는 늘 속이 뒤집어졌다. 입안에서 비린 맛이 느껴지고 호흡이 곤란해지고 머리가 빙빙 돌았다.

하지만 그 사진에는 분명 사람을 끌어들이는 불길한 힘도 깃들어 있다. 검붉은 버섯구름에는 크기와 힘과 의미가 삼위일체의 완벽한 조화를 이루고 있다. 그랜드 캐니언처럼 사람을 압도하는 크기, 사방을 초토화하는 힘, 그리고 그것이 의미하는 바는 죽음이다. 죽는 줄도 모르고 뼈째 잿더미가 되어버리는 빠른 죽음부터 몇 세대에 걸쳐 서서히 다가오는 느린 죽음까지. 자연사, 병사, 자살, 화마와 수마, 교통사고, 실족사, 아사, 전사……. 죽음의 수는 죽은 사람의 가짓수만큼 많을 것이고 죽음이란 또 그렇게 평범할 것이다. 모든 탄생이 다 다르지만 여자의 배에서 태어났다는 것만큼은 다 같은 것처럼. 하지만 원자폭탄에 의한 죽음만큼은 다르다. 그것은 수많은 사람들이 한꺼번에 죽는 떼죽음이면서도 인류 역사상 몇 번 일어나지 않은 참신한 사건이다. 인간의 악의가 만들어낸 죽음이자 인간의 손이 미치지 못하는 죽음이기도 하다. 원자폭탄은 인간의 강력한 권능과 사악함과 무력함을 한꺼번에 알게 해준다.

하지만 이미 탄생해버린 원자폭탄이 사라지지 않는 것처럼, 어떤 일들은, 되돌릴 수 없다…….

성훈을 만난 것은 신입생 OT 때였다. 저녁을 먹은 후 각 반 장기자랑이 끝나고 술자리의 흥이 무르익을 때쯤 나는 콘도 건물 밖으로 나왔고, 그때 성훈을 만났다.

저녁이 지나 밤이 오면서 나는 술자리가 두려웠다. 정확히 말하면 술자리의 남자들이 두려웠다. 남자들은 술에 취할수록 얼굴이 불콰해지고, 목소리가 커지고, 몸을 비틀거렸다. 여자들도 마찬가지였지만 왜 그런지 여자들은 별로 두렵지 않았다. 그러나 남자들은 술을 마시면 몸이 두 배로 커지고 몸무게도 두 배로 느는 것 같았다. 그렇게 커지고 무거워진 그들은 점점 존재감을 내뿜었고, 그것은 도저히 못 본 척하거나 무시할 수가 없었다. 술 마신 남자들과 술잔을 피하다 보니 나는 알게 모르게 점점 방구석으로 몰리고 있었다.

주변을 둘러보았다. 술잔을 앞에 놓고 있지 않은 여

자아이들이 몇 명 있었다. 그러나 그들도 웃으면서, 다채로운 몸짓을 하면서 대화에 임하고 있었다. 아무와도 말을 나누지 못하고 쭈뼛쭈뼛 구석으로 기어드는 나와는 달랐다.

'아아, 어떻게 하지.'

엄마에게 OT에 가겠다고 이야기했을 때 내가 가장 두려워하던 사태였다. 엄마는 내가 정말 두려워하는 것이 무엇인지 몰랐다. 엄마는 그냥 웃으면서 이렇게 말했을 뿐이다.

"너, OT 가는 건 좋은데 술 마시지 마라. 너 초등학교 때 재원이 오빠네서 와인 마시고 취했던 거 기억나지? 재원이도 참, 어린애가 넙죽넙죽 먹는다고 먹는 대로 주는 애가 어디 있어. 남자애들은 역시 짓궂어."

뱃속에서 무엇인가가 왈칵 뭉쳤다가 서서히 가라앉았다. 나는 창백한 얼굴로 가까스로 웃었다. 엄마에게는 그 얼굴이 새침하게 보였을 것이다.

"에이, 엄마도. 술 안 마셔요. 안 그래도 그다음부터 내가 술은 입에도 안 대는 거 알면서."

'하지만 이럴 줄은 알고 있었잖아.'

나는 멍하니 생각했다. 밤이 깊어지면서 어둠침침한

형광등 불빛 아래 남자애들은 자꾸 무거워지고 부풀어 올랐고, 방 안에 감도는 주향은 점점 짙어졌다. 속이 울렁거렸다. 숨이 막혀 견딜 수가 없었다. 마침내 나는 트레이닝복 위에 코트를 걸치고 슬쩍 문을 열었다. 누군가 걸쭉한 목소리로 소리쳤다.

"어, 희주 나가니? 얼른 들어와. 너 없으면 섭섭하다야."

내가 대답하기도 전에 무슨 농담이라도 들은 것처럼 그 자리에서 웃음이 와장창 터졌다. 나는 얼른 문을 닫고 재빨리 걸음을 옮겼다. 웃음소리가 없는 곳, 술 냄새가 나지 않는 곳, 남자들의 냄새와 목소리가 나지 않는 곳으로.

[포도주스 마실래? 달고 시원해.]

나는 멍하니 엘리베이터를 타고 건물 밖으로 빠져나왔다. 하늘은 맑고 차가웠다. 별이 검고 먼 하늘에서 깜빡이다가, 여기저기 켜진 가로등의 불빛을 헤치고 손에 잡힐 듯 다가왔다. 주차장을 가로질러 걸어가자 곧 풀밭과 그 속에 만들어진 작은 등나무 지붕과 벤치가 나왔다. 나는 그곳으로 다가가려다가 멈칫했다. 이미 어린아이같이 작은 그림자 하나가 그곳을 차지하고 있었기 때문이다. 내가 어쩔까 망설이고 있는 사이 그 그림자가 손을 들어 보였다.

"너도 술 마시기 싫어서 나왔어? 이리 와."

그 목소리는 사춘기 전의 남자아이처럼 묘하게 가늘고 높았다. 나는 잠시 다리가 얼어붙은 채 두 가지 충동 사이에서 어떻게 해야 할지 모르고 있었다. 아무 일도 아닌 것처럼 그쪽에 다가가 앉아 있고도 싶고, 뒤로 돌아 달아나고도 싶었다. 하지만 이미 술자리에서 달아나 여기로 온 거라는 생각이 들자 웬만하면 도망치고 싶지 않았다. 더구나 그 그림자는 참으로 작았다. 초등학생? 초등학생들도 그보다는 클 것 같았다. 그를 보자 별로 크지 않은 내 몸집이 어쩐지 상당히 크게 느껴졌기에, 도망친다는 것이 점점 바보같이 여겨졌다. 나는 그쪽으로 쭈뼛쭈뼛 다가갔다.

가까이 가서 본 그는 내가 본 남자들과는, 아니 내가 보아온 사람들과는 달랐다. 내가 장애인을 한 번도 보지 못한 것은 아니었다. 통합교육 때문에 중학교 2학년 때는 뇌성마비를 앓는 아이와 한반이었고, 고등학교 1학년 때는 다리를 못 쓰고 휠체어를 타고 다니는 아이가 반에 있었다. 하지만 그는 팔도 다리도 머리도 언어기능도 멀쩡해 보였다. 다만 그 손과 다리와 머리와 몸의 비례가 남들과 달랐다. 120에서 130센티쯤 되어 보이는 키에 손발은 가냘프고 몸은 작고 커다란 머리는 가는 목 위에 위태위태하게 얹혀 있는 것 같았다. 그는 내가 지금까지 알아온 범주의 장애인이 아니었고, 그렇다고 비장애인이라고 말하기에는 망설여지는 어떤 경계에 있는 것 같았다. 내가 멈칫거리기만 하고 앉지 못하자, 그가 옆으로 몸을 조금 비켜 내가 앉을 자리를 만들어주었다. 그렇게 되자 나도 앉지 않을 수가 없었다.

"너 우리 반이지? 아까 봤어. 나도 외국어문학부 4반이야. 박성훈이야."

"난…… 문희주."

어색하게 통성명을 하고 나자 그는 별말 없이 다시 하늘을 바라보았다. 나는 쭈뼛쭈뼛 그의 옆에 앉아서 함께 하늘을 바라보았다. 등 뒤의 콘도 건물에서는 불빛과 웃음소리가 울려 나왔지만, 우리 사이에는 별빛과 침묵만 감돌았다. 이상한 일이었다. 그렇게 함께 하늘과 별들을 바라보고 있는 사이에, 코트 속에서 바짝 힘을 주어 웅크리고 있던 몸이 서서히 풀렸다. 우리는 오래된 친구처럼 아무 말 없이 한참 동안 편하게 나란히 앉아 있었다.

[그때 그는 열여섯 살이었고, 나는 열 살이었다. 스물여섯 살과 스무 살이 섹스를 하는 것은 이상하지 않다. 서른여섯 살과 서른 살이 결혼하는 것은 이상하지 않다. 그러면, 열여섯 살과 열 살은? 여섯 살과 갓난아이는?]

개강하고 나서 얼마 동안은 정신이 하나도 없었다. 삼월이 지나기도 전에 우리는 이미 '대학 가서 놀아라'라는 고등학교 선생님과 어른들의 말은 다 거짓말이었다는 것을 깨닫게 되었다. 지금까지 답답하게만 생각했던 고등학교의 교실 벽 안은 대학의 열린 공간에 비하면 훨씬 한가하고 안전한 곳이었다. 우리는 한 번도 해본 적이 없는 형식의 리포트를 써야 했고, 강의실과 강의실 사이의 먼 거리를 십 분 안에 종종걸음 쳐야 했다. 1학년 때부터 학점 관리는 필수고, 영어학원과 중국어학원에 다니는 아이들은 부지기수였다. 그러면서 친구들도 사귀고 동아리 활동도 하나쯤은 해야 했다. 나날이 비싸지는 등록금을 생각하면 아르바이트도 안 구할 수가 없었다. 게다가 대학생활과 아르바이트, 인간관계에 대해 가르쳐주는 사람은 아무도 없었다. 우리는 자기보다 별로 나을 것 없는 동기들을 곁눈질로 흘끗거리며, 시행착오를 거쳐가며 그 모든 것을 해내야 했다.

그런데 그렇게 바쁜 와중에도 동기들은 하나씩 척척 짝을 찾아갔다. 어제까지만 해도 같이 깔깔거리며 다른 커플의 소문을 이야기하던 아이들이 어느새 커플이 되어 나타나곤 했다. 과 커플, 동아리 커플, 소개팅, 학교 인터넷 동호회…… 봄의 통로는 많고 많았다. 하지만 나는 아직도 남자들이 스스러웠다. 동기든 선배든 마찬가지였다. 강의시간에도 애써 남자애들 옆에는 앉지 않았다. 만약 앉게 될 경우 몸을 딱딱하게 굳히고 강의에만 집중하려고 애썼다. 덕분에 내게는 '얼음 공주'라는 별칭이 붙었다. 가끔가다 불만스럽게 '공주병'이라고 덧붙이는 동기들도 있었다. 아마 그 말 밑에는 '예쁘지도 않으면서' 하는 냉정한 평가가 깔려 있었을 것이다. 그러나 남이 나를 어떻게 보는지는 상관없었다. 나는 다만 무서웠을 뿐이니까. 내게 다가오게 만들고 싶지 않았던 것뿐이니까. 그들의 기다란 몸, 딱딱한 골격, 거친 피부, 커다란 목소리와 몸짓, 젊음의 허세, 그 모든 것이.

[너 이마가 뜨겁구나? 뺨도 뜨겁고. 이것 봐. 오빠 손은 차갑지? 오빠가 만져주니까 시원하지? 더우니까 단추 좀 풀어놓자.]

다만 한 사람, 성훈이만은 예외였다. 성훈이는 남자 같지 않았다. 삼월부터 그 애는 발로 걸어 다니지 않았다. 사실 그 애의 다리로 십 분 안에 강의실 사이를 이동한다는 것은 무리였다. 그 애는 가방 담는 칸이 달린 사이드카 같은 스쿠터를 타고 다녔고, 가끔 언덕길에서 만나면 높고 가늘고 명랑한 목소리로 내 가방을 실어다 주겠노라고 했다. 자기 스쿠터는 자기 말고 다른 사람을 태울 만큼 튼튼하지는 않지만, 가방 정도는 실어줄 수 있다고도 했다. 가방을 맡겨놓고 강의실로 향하는 긴 비탈을 올라가고 있으면 성훈이는 어느새 비탈길 꼭대기 단과대학 입구에서 손을 흔들고 있었다. 키가 180센티미터에 훤칠하고 잘생긴 남자애가 나를 태워다

주고 가방을 들어준다면…… 무서울 것 같았다. 하지만 성훈이는 무섭지 않았다. 그 애는 키가 작고 골격이 약했고 체력적인 면에서도 나한테 미치지 못했다. 그때, 그날 밤, 성훈이가 나와 밤하늘을 말없이 올려다보던 밤에도 사실은 술을 못 마셔서 밖으로 나와 있었다고 했다.

"술을 마시면 팔다리를 가눌 수가 없어. 그리고 나는 뼈가 잘 부러지니까 술을 마시고 돌아다니는 건 꽤 위험하지. 하지만 남한테 업히거나 실려 가는 건 정말 싫거든."

언젠가 왁자한 술자리에서 둘이 함께 앉아 물을 마시며, 신입생 OT 때 왜 술을 마시지 않았느냐고 물어보았을 때 성훈이가 했던 대답이다. 그때 나는 성훈이가 술을 못 마셔서 참 다행이라고 생각했다. 왜 그런 생각이 들었는지는 잘 알 수 없었다. 어쩌면 성훈이가 술을 마시고 취하고, 위험하게 몸을 놀리는 것이 보고 싶지 않았을 수도 있다. 하지만 그 일에 대해서 깊이 생각하려고는 하지 않았다. 성훈이는 함께 있으면 편한 상대였고 이야기를 하다 보면 점점 솔직하게 마음속 깊은 곳까지 들어갈 수 있었다. 그것만으로 신기하고 즐거웠다. 같은 강의를 들을 때 성훈이와 내가 함께 앉는 빈도가 잦아졌다. 성훈이와 나란히 앉으면 마음이 편안했다. 우리는 비슷한 농담에 웃었고, 강의가 끝난 후에는 강의나 숙제에 대한 잡담을 하며 다음 강의실로 같이 이동했다. 옆에서 내가 걸을 때면 성훈이는 스쿠터 속도를 낮춰주었다. 하루 강의가 끝난 후 함께 교문을 나서는 일도 적지 않았다. 저녁도 자주 같이 먹었다. 휴일에 둘이 영화를 보러 가기도 했다. 내 핸드폰에는 성훈이 전화번호가, 성훈이 핸드폰에는 내 전화번호가 저장되어 있었다.

[이다음은 어때? 사진은 더 보고 싶지 않아? 기분이 어때? 좋아? 좋지?]

성훈이와 내가 사귄다는 소문이 퍼진 것은 금방이었다. 대담한 동기들은 내게 와서 진짜냐고 머뭇머뭇 물어보기도 했다. 하지만 그런 동기들도 성훈이에게 물어보는 것은 어쩐지 미안한 모양이었다. 하긴 그렇겠지. 지금까지 성훈이는 어떤 면으로도 동기들의 연애 레이다에 걸리는 존재가 아니었다. 하지만 성훈이와 내가 함께 붙어 다니는 빈도가 잦아지면서 우리는 성적 호기심의 대상이 된 것이다.

우리는 처음에 그 말을 듣고 웃었다. 같이 다니기만 하면 짝으로 보니 이래가지고 남자와 여자가 친구 하겠느냐고 투덜거리기도 했다. 하지만 동기들의 시선은 변하지 않았다. 그렇게 일주일 정도 지나고 나서 둘이 커피를 마시다가, 대화가 끊긴 순간 내가 작은 소리로 머뭇머뭇 말했다.

"음…… 이왕 이렇게 되어버렸으니, 정말 우리 사귈까?"

그 생각을 하는 데에도, 말을 꺼내는 데에도 얼마나 큰 용기가 필요했는지 모른다. 의외로 성훈이와 연애를 한다는 생각에는 거리낌이 없었다. 영화를 보면서 가끔 그의 손을 잡고 싶다는 생각을 한 적도 있었다. 그 이상의 '진도'는 생각하지 않았다. 하지만 성훈이가 좋았다. 여자친구들을 좋아하는 것과는 다른 방식으로 좋았다. 부모님이 들으면 기절초풍하실 말이지만 나는 성훈이 말고 다른 남자와 사귀거나 접촉할 수 있을 것 같지 않았다. 다만 나는 거절당할까봐 무서웠다. 그가 '우리 그냥 친구 사이로 지내자.' 하고 말한다면 그 순간부터 어떻게 해야 할지, 그를 어떤 태도로 대해야 할지 알 수가 없었다. 그의 얼굴이 한순간 확 굳었다가 다시 풀리며 새빨갛게 달아오르는 그 순간, 내 심장은 두려움과 희망에 터질 듯이 뛰었다. 그는 진짜냐는 듯이 의심스러운 눈으로 나를 바라보았으나, 내가 진지하게 쳐다보고 있는 것을 보자 눈길을 떨어뜨리며 짧게 말했다.

"좋아."

그 말이 떨어지자마자 온몸에서 힘이 빠지며 커다랗게 한숨이 나왔다. 큰일을 하나 해치운 것같이 어깨가 가벼워졌다. 반대로 그는 큰 숨을 들이켰다. 하얀 얼굴과 좁은 가슴이 부들부들 떨리고 있었다. 눈가에 물기가 조금 고인 것 같기도 했다. 그렇게 잠시 아무 말도 하지 않다가, 그가 평소와 달리 더듬거리며 말했다.

"사실은 나, 평생…… 여, 연애 같은…… 그런 건 모, 못 할 줄 알았어. 그동안 희주 네가…… 나도 조, 좋았는데, 말을, 말을 할 수가……."

그는 말을 끝마치지 못하고 어깨를 들먹였다. 나는 그의 옆으로 의자를 끌고 가서 가만히 그의 목을, 어깨를, 팔을 쓰다듬다가 등 쪽에서 팔을 둘러 그를 껴안았다. 흐느끼는 작은 몸에서는 달콤하고 향긋한 냄새가 났다. 가슴이 벅차고 코끝이 찡했다. 남자가, 나의 애인이 나 때문에 울고 있다. 그리고 내가 그를 안고 달래고 있다. 누군가가 나 때문에 운다는 것이 고마웠다. 내가 누군가를 울릴 수 있고 누군가를 달랠 수 있다는 그 사실이 믿어지지 않도록 감미로웠다. 그 순간 나는 처음으로 사귀자고 하길 잘했다고 생각했다.

[희주야, 넌 참 예뻐. 그거 아니? 살결도 곱고 얼굴도 예쁘고. 요 뺨 좀 봐, 요 입술 좀 봐. 깨물어주고 싶어. 아아, 희주야.]

우리의 연애. 나의 첫 연애. 그의 첫 연애. 우리는 마치 연애에 걸신들린 듯이 서로에게 빠져들었다. 강의실에서, 도서관에서, 식당에서 우리는 한시도 떨어지지 않으려 했다. 서로 다른 강의를 선택해 잠시라도 떨어져 있는 것을 아쉬워하며 다음 학기에는 시간표를 맞추자고 약속했다. 우리 집에 성훈이가 놀러 온 적은 없었지만 성훈이 집에는 가끔 내가 놀러 가기도 했다. 성훈이 어머니는 내가 막연히 걱정하던 것처럼 장애인은 아니었고, 보통 키에 몸집이 작고 선이 고운 분이셨다. 성훈이의 흰 피부는 어머니 쪽을 물려받은 것 같았다. 내가 처음 가서 인사드렸을 때 성훈이 어머니는 깜짝 놀라더니, 나중에 성훈이가 잠깐 화장실에 간 사이 작은 소리로 소곤거렸다.

"성훈이가 누구를 집에 데려온 건 처음이야. 네가 굉장히 좋은가보다. 재가 겉으로는 명랑해도 사실은 여리고 내성적이거든. 희주야, 우리 성훈이랑 잘 지내줘, 응?"

그 말을 들으면서 성훈이 어머니는 우리 사이를 짐작도 못 한다고 생각하니 웃음이 터질 것 같았다. 마음 같아서는 당장에라도 '그럼요, 당연하죠. 저희는 애인인걸요.' 하고 대답하고 싶었다. 하지만 어른 앞에서 그런 말을 한다는 것이 너무 부끄럽고 쑥스러워서 나는 그저 작게 '네.' 하고 고개만 끄덕였다.

우리는 서로의 생각과 추억에도 흠뻑 빠져들었다. 서로 앨범과 사진을 보여주고 고3 때, 고2 때, 고1 때, 중학교 때, 반에서 왕따를 당할 뻔한 이야기, 상을 탔던 이야기, 부끄러운 기억과 지금 생각해도 기쁜 일들을 털어놓았다. 우리는 두 알의 희고 어린 양파들처럼 서로 부딪히며 한 겹 한 겹 상대의 껍질을 벗기고 속을 들여다보려고 했다. 그런 이야기를 들으면 때로 눈물이 나고 멍이 들고 아팠지만, 우리는 첫 연애를 시작한 남녀다운 순결성과 고집으로 서로를 마지막 껍질까지 벗겨내야 한다고, 아프고 괴로운 추억과 기쁘고 아름다운 추억을 가리지 않고 끝까지 알아야 한다고 생각했다. 그러니까, 우리는 너무 어렸던 것이다.

[이제 마지막으로 한 가지만 하자. 딱 한 가지만.]

여름방학 때였다. 그날 내내 흐리다가 비가 내리다가 하는 바람에 우리는 성훈이 방에 앉아서 영어 공부를 했다. 성훈이가 가입해놓은 영어학원 사이트에서 리스닝 강좌를 함께 듣는 것이었다. 한참 동안 들리지 않는 영어 문장들과 씨름하다가 마침내 한 강좌 분량이 끝나자 나는 힘껏 기지개를 켰다.

"아…… 차라리 아예 들리지 않으면 모르겠는데, 들릴 듯 안 들릴 듯 하면서 사람 약을 올려요. 언제가 되어야 귀가 펑 뚫릴까. 역시 어학연수를 가야 하나."

"희주가 가면 나도 같이 가야겠네?"

"응? 같이 가줄 거야?"

"그럼. 예쁜 여친 바람피우면 어떡해. 조심해야지."

"아이, 누가 들으면 닭살이라 그러겠다."

이런 객쩍은 소리를 하면서 놀다가 나는 성훈이의 책장 쪽에 눈을 돌렸다. 책장에는 책이 촘촘히 꽂혀 있었지만 자세히 살펴보니 교과서와 교수님이 꼭 읽어야 한다고 언급하신 책과 교양서적뿐이었다. 소설책이라고는 내가 생일선물로 준 파트리크 쥐스킨트의 『향수』뿐이었다. 나는 그 책을 뽑아내며 그를 타박했다.

"이거 읽기는 읽었어? 누가 우등생 아니랄까봐 책장이 재미가 없어요 재미가. 너는 고등학교 때 만화도 안 보고 살았지?"

"안 보기는. 그 책 뒤쪽을 봐."

성훈이가 볼멘소리로 대답했다. 나는 책을 몇 권 더 뽑아냈다. 성훈이의 말대로 그 책 뒤에는 만화책들이 줄지어 서 있었다.

"와아, 이게 다 뭐야? 이런 내숭쟁이. 만화는 다 뒤에 숨겨놓았구나? 어디 보자. 〈슬램덩크〉, 〈터치〉, 〈H2〉, 〈패자부활전〉……그런데 어째 다 스포츠 만화네? 너 스포츠 만화 좋아해?"

"사람은 자기가 못하는 것을 꿈꾸기 마련이니까."

뜻밖에 성훈이가 낮게 가라앉은 진지한 목소리로 말했다. 갑자기 창밖의 빗소리가 크게 들렸다. 똑딱똑딱 시계가 가는 소리도 크게 들렸다. 우리 둘의 숨소리도 손에 잡힐 것 같았다. 침묵이 서서히 방 안에 고여갔다. 왜 그때 내가 그 문제를 물어보았는지는 모르겠다. 하지만 그때 물어보지 않는다면 다시는 물어보지 못할 것 같았다. 나는 마치 누가 엿듣기라도 할 듯이 소리를 죽이고 물었다.

"성훈아, 대답하기 싫으면 안 해도 되는데…… 네 몸은 왜 그래?"

성훈이가 미소를 지었다. 기뻐서 짓는 미소가 아니라 씁쓸한 미소였다.

"드디어 물어주네. 다들 체면 차리느라 그런지 대학 와서는 아무도 나한테 물어보지 않던데. 그래도 네가 처음 물어봐줘서 다행이야. 너한테 먼저 이야기하고 싶었어."

"……."

"우리 할아버지가 일제시대에 징용을 당해서, 스물두 살 때 히로시마에 계셨대. 그 해가 바로 히로시마에 원자폭탄이 떨어진 해였어. 할아버지는 이미 첫아들과 첫

딸이 있었고, 해방 후 일본에서 부산으로 건너와서 딸을 둘 낳고, 마흔이 다 되어 늦둥이로 본 둘째 아들이 우리 아버지야. 할아버지 할머니가 몸 바쳐서 일을 하신 덕분에 아들들은 대학까지, 딸들은 고등학교까지 나올 수 있었고. 그래서 아버지와 고모들은 좋은 직장을 잡고 별 탈 없이 결혼했어. 여기까지는 참 좋은 얘기야.

아버지는 시력이 나쁜 것 외에는 몸에 아무 이상이 없었어. 그래서 첫아들이 세 살이 되도록 제대로 크지 않자 어머니에게 '혹시 바람피운 것 아니냐.', '너희 집안에 무슨 병이 있는 거 아니냐.' 화를 내고, 어머니는 어머니대로 기가 막혀서 마주 화를 내고 싸우고, 그런 싸움이 점점 심해져서 이혼 이야기가 나올 정도로 분위기가 험악해지고…… 그러다 결국 할아버지가 '그 폭탄'이 터지던 해에 히로시마에 있었노라고 털어놓으셨어. 할아버지가 며느리 앞에 무릎을 꿇고 '다 내 잘못이다. 진작 이야기를 했어야 하는데, 막상 손자만 보면 입이 얼어붙어서 말을 못 꺼냈다. 이 늙은이가 죽일 놈이다.' 하면서 마구 우셨대. 그걸 알고 아버지도 어머니에게 미안하다고 백배사죄를 하시고. 나중에 어머니 말로는 시아버지 때문에 이혼할 생각을 접었다더라. 백발

성성한 노인이 새파랗게 젊은 며느리 앞에서 머리를 숙이고 마구 우시는데, 어머니도 그저 송구한 마음밖에 안 들더라는 거야.

그런 형편이었으니 둘째가 생겼을 때 집안 분위기가 어땠는지 대충 짐작이 갈 거야. 아버지는 첫째 키우기도 힘든데 둘째도 그러면 어쩌냐고, 지우자고 주장하시고, 어머니는 꼭 낳겠다고 고집을 피우셨대. 마음 한구석에 둘째는 괜찮을지도 모른다는 희망도 있었고, 만약 괜찮지 않다고 해도 형이랑 둘이 서로 의지하며 세상을 헤쳐가는 편이 더 나을 거라는 생각을 하셨대. 그래서 내가 태어났어.

형은 다행히 이공계 쪽으로 머리가 좋아서, 과학고에서 포항공대로 갔어. 나보다 네 살 많은데 벌써 석박사 과정을 밟고 있지. 형은 자기가 갈 수 있는 길은 연구 쪽밖에 없다고 생각해. 다른 방향으로 취직은 할 수 없을 거라고. 그래서 체력이 달리는데도 철야를 밥 먹듯이 하고, 연애 같은 건 아예 처음부터 단념하고 있었어. 사실 취직까지 생각하면 나도 이공계로 가는 게 나았을지도 몰라. 고등학교 때 적성검사도 이과 문과 비슷하게 나왔고 수리탐구 쪽 성적도 좋았거든. 하지만 나는 외문부에 와서, 너를 만나서 정말 다행이라고 생각해."

긴 이야기를 단숨에 끝마친 그는 약간 헐떡이며 입을 다물었다. 창밖은 더 어두워졌고, 빗소리가 아까보다 더 거세게 들렸다. 성훈이는 나를 빤히 바라보았다. 질문의 눈길, 약속의 눈길이었다. 나는 마지막 비밀까지 털어놓았으니 너도 아직 이야기하지 않은 것이 있으면 지금 이야기하라는 간청이 담긴 눈길, 내 모든 비밀을 다 받아주고 나를 보듬어주겠노라는 약속이 담긴 눈길이었다. 빗소리, 침묵, 눈길…… 이 시간과 공간에서, 이 사람 앞에서 이야기하지 않는다면 죽을 때까지 이야기하지 못할 것 같았다. 나는 목이 가라앉는 것을 느끼며 간신히 입을 열었다.

"나…… 나는…… 초등학교 3학년 때…… 사촌오빠한테 강간당했어."

성훈이가 숨을 크게 들이쉬었다. 나는 몸이 부들부들 떨리는 것을 느꼈다. 하지만 여기까지 말한 이상 그만둘 수는 없었다. 십 년이나 가두어놓고 아무에게도 하지 못했던 말이 걷잡을 수 없이 쏟아져나왔다. 나는 군데군데 심호흡을 해가며 이야기했다.

"초등학교 3학년, 여름방학 때였을 거야. 큰이모 집

에 놀러 갔어. 큰이모 아들은 그때 중3이었어. 엄마랑 큰이모는 '백화점 좀 다녀올 테니, 너희끼리 놀고 있어라.' 하고 나갔어.

아마 처음에는 장난이었을 거야. 그…… 그 오빠는 나한테 포도주스 마시지 않겠냐고 했어. 나는 좋다고 했고. 그랬더니 얼음을 띄운 포도주스를 가져다주었어. 그런데 좀 이상한 맛이…… 찌르르한 맛이 났어. 나중에 알고 보니 그건 설탕과 얼음을 넣고 물을 탄 와인이었어. 맛은 이상했지만 목이 말랐기 때문에 계속 조금씩 마셨는데, 첫 잔을 다 마실 때쯤 되자 무척 맛있게 느껴졌어. 내가 한 잔 더 달라고 하자 오빠가 재미있다는 듯이 바라보면서, 자기 방에 가서 사진 책을 보고 있으라고 했어. 자기가 한 잔 더 갖다주겠다고.

그 방에 가서 무슨 사진을 보고 있었는지는 별로 기억이 안 나. 핵폭탄 실험 사진, 독일 기갑사단 사진, 공중전 사진 같은 거. 지금 생각해보면 오빠가 이차 세계대전에 한참 흥미를 느낄 때였나봐. 하여간…… 두 번째 잔을 다 마실 때쯤에는 오빠가 덥지 않냐면서 내 블라우스를 벗겼어. 덥기는 더웠어. 땀이 나고 머리가 핑핑 돌고…… 세 번째 잔을 갖다주었을 때에는 단번에

다 마셨던 것 같아. 날이 더워서 그런다면서, 오빠가 치마도 벗겼어. 그런데 그게…… 보통 때 같으면 안 된다고 했을 텐데, 오빠가 만지고 쓰다듬는 중에도 어지럽고 가슴이 쿵쾅거리고 웃음이 피식피식 나오기만 했어. 그러다가 갑자기…… 아팠어. 너무 아팠어. 그때에야 울면서 아프다고, 하지 말라고 했지만 오빠는 계속…… 사정까지 해버린 것 같아. 나는 배를 움켜쥐고 마구 울었고, 오빠가 휴지로…… 닦아주고, 포도주스를 한 잔 더 갖다주었어. 그 포도주스를 반쯤 마시다가 잠이 들었어.

일어났을 때는 이미 집에 와 있었어. 머리가 아프고 속이 계속 메스껍고 울렁거렸어. 내가 잠에서 깨어나자, 아빠 엄마가 기가 막히다는 듯이 웃는 거야. 술을 준다고 그렇게 받아먹는 애가 어디 있냐고, 어린애가 벌써 술주정을 하면서 우냐고. 나는 얼떨떨했어. 아직 뭐가 꿈이고 뭐가 현실인지 분간이 되지 않아서, 그게 진짜 꿈이었나 싶기도 했어…… 꿈이었다면 얼마나 좋았겠어. 자라면서 몇 번이나 그렇게 생각했어. 하여간 그 오빠는 어른들에게, 나한테 장난 삼아 술을 줘봤는데 잘 받아먹고 나중에 취해서 울며 술주정을 하다가 자더라고 말했어. 물론 그 오빠는 어린애한테 술을 줬다고 혼났지만, 진실이 알려졌을 때에 비하면 아무것도 아니겠지.

그다음부터 큰이모 집에는 따라가지 않았어. 남자 사촌들이 온다고 하면 핑계를 대서 집에 들어가지 않았고. 술도 다시는 마시지 않았어. 아빠 엄마가 가끔 샴페인을 줄 때도, 고등학교 때 수학여행에서 아이들이 술을 권할 때도, 대학에 들어와서도 마시지 않았어. 그 뒤로는 남자들도 무서웠어. 그래도 초등학교 때는 괜찮았는데, 중학교에 올라가면서부터 남자들이 가까이 오기만 해도 몸이 움츠러들었어. 그러지 않은 남자는…… 아버지와 동생 빼고는 네가 처음이야.

가끔, 지금이라도 그때 일을 밝히면 어떻게 될까 생각해보기도 해. 하지만 아무도 믿지 않을 거야. 내가 술 취해서 꾼 꿈 정도로 생각하지 않을까. 그래도 엄마랑 큰이모는 사이가 벌어졌겠지. 그 오빠는 지금 대학 졸업하고 공무원 시험 준비 중이야. 어쩌면 그 사람도 기억하지 못할지도 몰라. 어렸을 때의 장난 정도로 생각할지도 모르고. 하지만…… 하지만…….”

나는 주먹을 하얗게 움켜쥐고 바들바들 떨고 있었나

보다. 성훈이의 작은 손이 내 손을 쓰다듬으며, 부드럽지만 단호하게 손가락을 하나씩 펴줄 때까지 나는 깨닫지 못했다. 성훈이는 내 손과 팔을 쓰다듬고 머리카락을 하염없이 쓰다듬었다. 조금씩 몸에 힘이 빠졌다. 성훈이가 볼을 닦아줄 때까지 눈물이 흐르는 줄도 몰랐다. 성훈이의 입술이 조심스레 내 입술에 와닿을 때까지, 내가 힘주어 어금니를 물고 있던 것도 몰랐다. 성훈이의 혀가 머뭇거리며 입 안으로 들어왔다. 그의 혀는 부드러웠다. 그의 짧은 팔이 내 몸을 부둥켜안았다. 그의 작은 몸이 나를 껴안자 온몸의 힘이 빠져나갔다. 정신이 아득하게 먼 곳으로 떠나는 것 같았다. 나는 그때에야 깨달았다. 아아, 그래. 첫 키스였지…….

[그러니까, 이게 네 몸 안에 들어가면 쾅 하고 터지는 거야. 원자폭탄처럼 강력하게. 안 믿어지지? 하지만 끝내줄걸. 평생 잊지 못할 거야…….]

우리는 2학기의 과제 폭격을 함께 맞았고, 크리스마스를 함께 보냈고, 제야의 종소리를 함께 들었고, 눈 오는 길을 함께 걸었다. 성훈이 어머니는 내가 성훈이 애인이라는 것을 눈치챘겠지만 모르는 척 넘어갔다. 우리 엄마도 내게 애인이 생겼다는 것을 대충 짐작한 듯, 언제 한번 남자친구 데리고 오라는 이야기를 했다. 그러나 우리에게는 그 전에 해결해야 할 일이 있었다.

"하지만, 그거 꼭…… 해야 할까?"

이 말은 그의 입에서 나오기도 했고, 내 입에서 나오기도 했다. 한 사람이 그런 말을 하면 다른 사람이 설득했다. 사실 나도 두렵다고, 제대로 될지 모르겠다고, 하지만 그렇기 때문에 꼭 너와 함께 그 선을 넘고 싶다고. 그리고 설령 선을 넘지 못한다고 하더라도 우리 사이가 달라질 것은 없다고. 우리는 여전히 애인이라고. 그러면 먼저 말을 꺼냈던 사람이 한숨을 쉬며 '그래. 하지만 조금만 있다가.' 하고 말을 맺었다. 이런 설왕설래가 몇 번이나 되풀이되었는지 모른다.

우리는 서로를 육체적으로 원하고 있었다. 애타게. 불안해하며.

다른 연인들이 우리만큼 서로를 원했다면 벌써 모텔에 들어갔을 것이다. 그러나 우리는 그러지 못했다. 우리는 수없이 서로를 껴안고 수없이 키스하고 애무했지만, 막상 그 허기는 마지막 한 가지를 집어삼키지 못하는 한 채워지지 않는 것이었다. 그런데 그 마지막 한 걸음을 내딛지 못하게 만드는 것은 도덕도 윤리도 부모님 생각도 아닌 우리의 자의식이었다.

"정말 겁이 나. 나는 자위행위 한번 제대로 해본 적이 없어. 행위에 몰두하려고 해도, 다른 사람들이 이 꼴을 보면 어떻게 생각할까 하는 생각이 먼저 나는 거야. 초등학교 저학년 키 정도밖에 안 되는 난쟁이가 성기를 붙잡고 낑낑거리는 모습을 누군가가 본다고 생각하면, 물론 그 모습을 의식하고 그려보고 있는 것은 나 자신이라는 것을 알고 있지만, 흥분이 일었다가도 싸늘하게 식어버렸어."

한번은 성훈이가 씁쓸한 표정으로 이렇게 말한 적이 있었다. 나는 고개를 끄덕였다. 나도 같은 종류의 공포를 품고 있었으니까. 나의 공포는 마지막 순간 그를 밀쳐내지 않을까 하는 것이었다. 그가 자신의 두려움을 극복하고 마침내 내 안에 들어오려 할 때, 내가 '안 돼, 못 하겠어!' 하고 외치며 그를 밀어내버린다면 우리 사이는 어떻게 될까. 과연 다음에 다시 시도해볼 용기가 날까. 그 이야기가 나올 때마다 우리는 폭풍우 속에서 출항을 앞둔 범선이나 발사 직전의 우주선처럼 두렵고 설레었다. 하지만 언제까지 미루고만 있을 수는 없었다. 우리의 젊음이 그러지 못하게 등을 떠밀었다. 망설임과 두려움은 다시 연료가 되어 희망과 기대에 불을 붙였다. 마침내 밸런타인데이가 끝나고 개강을 앞둔 2월 20일, 우리는 모텔에 들어갔다.

어색하고 주춤거리는 걸음으로 모텔 문을 열고 들어가 열쇠를 받고, 등 뒤에서 이상하다는 시선이 한가득 던져지는 것을 느끼며 우리는 방으로 올라갔다. 일회용품을 받은 후 문을 닫고 들어가서야 비로소 안도의 한숨이 나왔다. 이제야 둘만의 공간에 들어온 것이다.

재빨리 샤워를 마치고 침대에 눕자 견딜 수 없을 정도로 가슴이 두근거렸다. 이제 돌이킬 수 없다는 생각과 불안과 기대가 범벅이 되어 어지러워지는 바람에 나는 눈을 감았다. 뒤이어 욕실에서 나온 성훈이가 불을 끄고 내 옆에 누웠다. 그의 손이 내 어깨를 쓰다듬었고, 가슴을 소중하게 어루만졌다. 손길이 닿는 곳마다 전기가 통하는 것 같았다. 열기를 띤 그의 입술이 내 입술을 덮었다. 그런 자극이 느껴질 때마다 신음소리를 내고 싶었지만 어쩐지 아무 소리도 내면 안 될 것 같았다. 나는 숨결이 거칠어진 채, 입을 꼭 다물고 소리를 내지 않으려고 버텼다. 먼저 신음소리를 낸 것은 그였다.

"아…… 못 견디겠어."

그는 한숨을 내쉬듯 작은 소리로 말하더니, 재빨리 콘돔을 끼었다. 그런 다음 나를 꼭 안고 가슴 사이에 얼굴을 두어 번 비빈 후 성기를 움켜쥐고 삽입하려고 했다. 걱정했던 일은 일어나지 않았다. 성훈이에게는 아무 거부감도 느껴지지 않았다. 나는 눈을 감고 고통과 쾌락의 파도가 덮쳐오기를 기다렸다.

그러나 아무 일도 일어나지 않았다.

한참 기다리다가 이상한 기척에 눈을 떴을 때, 성훈이는 당황한 기색으로 콘돔을 벗겨내고 있었다. 나와 눈이 마주치자 그는 어색하게 웃었다.

"나, 너무 긴장했나봐. 미안하지만 좀…… 만져줄래?"

십 분, 이십 분, 우리는 '그것'을 가지고 씨름했다. 그러나 소용이 없었다. 내가 만지면 자극을 받은 듯 꼿꼿이 서다가도 다리 사이로 가져가면 수그러들어 늘어져 버렸다. 콘돔이 문제인가 싶어 불안하지만 콘돔을 빼고 시도해보기도 했는데, 결과는 마찬가지였다. 아마 우리는 둘 다 울상을 짓고 있었을 것이다. 우리가 생각했던 최악의 경우는 아니었지만 이것도 분명히 최악이었다.

결국 우리는 단념했다. 그는 베개에 얼굴을 묻었고, 나도 맥이 빠져서 침대에 누워버렸다. '괜찮아. 그냥 같이 있다 나가자.' 하고 말하려는 순간, 옆에서 이상한 소리가 났다. 상처 입은 짐승이 울부짖는 것 같은 소리, 뱃속 깊은 곳에서 흘러나오는 듯한 끄으으 소리였다. 나는 침대 위에 벌떡 일어나 앉아 그를 일으키려 했다.

"성훈아, 괜찮아? 괜찮은 거야?"

처음 일격을 맞았을 때 나는 무슨 일이 일어나고 있는 건지 전혀 이해하지 못했다. 두 번, 세 번 맞을 때도 마찬가지였다. 대여섯 번 주먹질과 발길질을 당하고 나서야 나는 성훈이가 몸부림을 치며 마구 나를 때리고 차고 있다는 것을 깨달았다. 성훈이는 울음 범벅이 된 얼굴로 외치고 있었다.

"……으윽…… 이거 봐, 결국 난 병신이라구, 좋아하는 여자하고 같이 자지도 못 해. 연애를 하면 뭐 해…… 으흑…… 결혼도 못 하고 애도 못 갖는데…… 난…… 난…… 차라리 좋아하지 않았으면, 마음이 안 통했으면 좋았을걸……."

마지막 말은 울음 속으로 무너져 알아듣기도 어려

웠다.

그의 주먹은, 그의 발길은 별로 아프지도 않았다. 그것이 더 슬펐다. 몸을 웅크리고 아프지 않은 그의 손발을 막으며 나는 멍하니 생각했다. 왜지? 우리는 아무것도 잘못하지 않았는데, 우리는 그저 사랑하며 살고 싶었을 뿐인데, 일이 왜 이렇게 되어버린 거야? 어디서부터 잘못된 거야? 우리의 핏속에서, 기억 속에서 언제든 되살아와 우리를 괴롭히는 이 폭력의 소용돌이는 어디서 시작되고 어디서 끝나는 걸까? 마침내 설움과 분에 못 이겨 제풀에 무너져버린 성훈이의 작은 몸을 부둥켜안고 모텔 방바닥에서 함께 흐느끼면서, 나는 그런 생각을 되새기고 또 되새기고 있었다.

열다섯,
서른다섯

어둠 속에서 냄새나는 검고 끈적끈적한 물이 서서히 올라오고 있었다. 불쾌하게 발등에 묻어나나 했더니 어느새 허리까지 치올랐고, 명치끝을 타고 가슴을 답답하게 짓누르는 것도 모자라 목을 조르기 시작했다. 물은 이제 물이 아니라 살아 있는 괴물처럼 은수의 코앞에서 넘실거렸다. 헤엄을 쳐 달아나려 해도 손발이 뻣뻣해 움직이지 않았다. 그때에야 은수는 알아차렸다. 지금 몸을 먹어 들어오는 것은 물이 아니라 통증이었다. 온몸을 쿡쿡 찌르고 벌겋게 달구는 무지막지한 아픔이 코앞까지 치받쳐 숨을 막고 머리를 빠갰다. 아무리 허우

적거려도 비명을 질러도 달아날 수 없는, 이것은…….

은수는 문득 깨달았다. 꿈이다. 다행히도.

깨달음과 동시에 퍼뜩 의식이 돌아왔다. 이미 한낮이었다. 블라인드 사이로 비쳐 든 햇빛이 따갑게 눈을 찔렀고, 밖에서는 수박을 싸게 판다는 화물차의 확성기 소리가 우렁우렁 울려왔다. 눈을 감으니 머리가 자근자근 쑤셨다. 은수는 지끈거리는 관자놀이를 기운 없이 누르며 몽롱한 기억을 더듬었다. 전날 저녁 어머니 전화를 받고 잠이 오지 않아 뒤척이다 맥주 캔을 따서 마시기 시작했고, 한 개로는 정신이 너무 말짱해서 하나 더 마시고, 세 개째를 따던 순간까지는 기억이 났다. 그럼 모두 몇 개나 마셨나? 은수는 벌떡 일어나 거실로 나갔다. TV 앞에 놓인 거실 탁자 위에는 반짝거리는 맥주 캔이 모두 일곱 개. 얄밉도록 줄을 맞춰 늘어서 있었다. 은주의 입술 사이로 긴 숨이 절로 새어나왔다. 주량 초과 후 기억 상실. 요즘 들어 잦아진 일이었다.

— 너희 아버지가 이번 달 할아버지 제사 때는 너 오지 말란다.

한숨 섞인 어머니의 목소리가 귓가에 쟁그랑거렸다. 전화를 받을 때 그 대목에서 은수는 자기도 모르게 비죽이 웃고 말았다. 한두 번 있던 일도 아니고 작년부터 쭉 그러던 차에, 이번 달 제사라고 굳이 갈 리가 있을까. 그래도 어머니는 떨어져 사는 막내 딸자식의 목소리를 한 번이라도 더 듣겠다고, 좋지도 않은 내용 전언을 핑계로 전화를 거시는 것이다. 막내딸은 그런 어머니의 전화를 받으면 그 핑계로 술을 마시고.

잠시 후 화장실 변기 위에 앉아 있던 은수의 얼굴이 다시 한번 일그러졌다. 아무래도 그 악몽은 술과 전화의 조합으로만 나온 것이 아닌 듯했다. 장이 약한 탓에 맥주를 마신 다음 날이면 늘 설사를 하곤 했지만, 아랫배 전체가 무지근한 데다 요도가 저릿저릿하고 바늘로 찔러대는 듯 아프면서 벌건 혈뇨가 나오는 증상은 또 다른 것이었다. 스트레스에 시달리고 몸이 피곤할 때 종종 앓는 방광염이 재발한 모양이었다. 은수는 서둘러 몸을 씻고 병원에 갈 준비를 했다. 몇 번 앓아본 경험으로 이럴 때는 빨리 병원에 가는 편이 낫다는 것을 알고 있었다. 대학 시절 처음 발병했을 때는 처녀가 산부인과에 간다는 것이 민망해서 진통제와 소염제로 버텨보려다가 점점 심해지는 고통에 하룻밤 내내 끙끙 앓았다.

십 년 남짓이 지나고 한 번의 결혼과 이혼까지 거친 지금 은수는 방광염에 대해서만은 실용주의자가 되어 있었다. 당장 아랫배를 쑤시는 고통에 수치심 같은 것은 필요 없고, 질병은 죄악이 아니다. 산부인과 의사가 남자면 어떻고 갈아입는 검진용 고무줄 월남치마가 알지 못하는 수많은 여자들의 허리를 거쳐간 것이면 어떠랴. 그래도 은수는 옷을 입을 때 굳이 정장 치마가 아닌 편한 플레어스커트를 찾아 입었다. 산부인과도 집에서 가까운 곳이 가장 좋지만, 기왕이면 여의사가 있는 곳이 더 좋지 않겠는가.

집 근처 제일 가까운 산부인과는 걸어서 5분 거리였고, 에어컨 바람이 서늘한 대기실은 깨끗하고 넓었다. 다만 파란 커버가 씌워진 대기실 의자에 등받이가 없다는 것, 그리고 그날따라 기다리는 사람이 많은 것이 아쉽다면 아쉬운 점이었다. 하지만 의사가 수술 중이라니 그것도 할 수 없는 일이었다. 이미 배를 지나 온몸에 고동치는 고통을 억누르며 은수는 여성월간지를 집어들었다가, 그것도 정신을 팔기에 여의치 않자 주변을 둘러보았다. 접수대 뒤 간호사들은 한가로이 잡담을 하고 있었고 넓은 대기실에는 손님이 대여섯 명 앉아 있었다. 하나는 기껏해야 고등학생 정도로 보이는 나이 어린 남자애였고, 나머지는 모두 기혼 내지 20대 중반 이후로 보이는 여자들이었다. 자연히 은수의 눈길은 여자들 사이에 중뿔나게 끼어 있는 남자애에게로 향했다.

녹색 반팔 티셔츠에 흰 면바지를 입은 남자애는 요즘 아이답게 키는 길쭉하니 크지만 몸과 팔다리는 가늘었고, 어른들이 보면 계집애 같다 할 커다란 눈과 희고 고운 얼굴선이 돋보였다. 곱상하고 귀티나는 얼굴만 보아서는 여자애를 임신시켜 산부인과로 데리고 올 아이 같이 보이지는 않았다. 어떻게 학교 수업을 빼먹었는지 몰라도 남자애는 책가방을 꼭 껴안은 채 〈수술실〉이라는 명찰이 붙은 작은 방을 진지하게 노려보았고, 네모진 베이지색 방문에서 마취약에 취한 여자애의 "아아…… 아파……." 하는 까라지는 목소리가 새어나올 때마다 가방을 껴안은 어깨를 움찔움찔 떨었다. 성인 남성의 듬직한 어깨선을 획득하려면 한참 남은 나이. 아니, 대학 입시를 치르고 이제 술을 마셔도 되는 성인입네 하면서 으쓱으쓱 사회로 어깨를 비집고 들어가려 해도 이삼 년이나 남은 나이. 그 나이 대의 남자애가 여자애를 임신시키고, 두려움과 부끄러움을 무릅써가며 같이 산부인과에 오고, 사랑한다고 생각하는 여자애를 수술실에 들여보낸 후 비명소리를 듣고 있는 심정을 서른다섯의 은수는 도저히 헤아릴 수 없었다.

은수는 자기 나이의 절반이나 살았을까 싶은, 아직 여릿여릿한 어린 선이 남아 있는 어깨 너머로 들리지 않고 들릴 리 없는 질문을 속으로 쏘아 보냈다. 이런 경험을 얼마나 많이 한 후에 너는 어른이 되겠니. 지금이야 죄책감을 느끼면서 네가 기다리는 여자애를 평생 책임질 거라 생각하고 있겠지만 군대 가기 전에, 결혼하기 전에 앞으로 네가 겪을 비슷한 경험은 몇 번이나 더 될까. 좀 더 심한 경우를 생각해보면, 결혼해서도 과연 이런 경험을 벗어날 수 있을까. 그래도 아직 부끄러움을 무릅쓰고 책임진답시고 산부인과에 따라온 너에게는 염치와 순수가 남아 있으니, 여자에게 유형무형의 폭력을 휘두르고 그 결과의 책임도 여자에게 짊어지운 채 산부인과에조차 혼자 보내는 성인 남자들보다 더 낫다고 해줘야 할까.

당연히 돌아오는 대답은 없었고, 은수는 이제 욱신욱신 쑤시다 못해 바르르 떨리는 아랫배를 추스르며 생각을 다른 방향으로 돌렸다. 즐거운 생각으로 고통을 쫓을 수 있으면 얼마나 좋을까마는, 몸이 괴로울 때는 더욱 괴로운 생각만 났다.

— 아다시피 네 아버지가 벽창호잖니. 네가 잘못해서 이혼한 것도 아니고, 요즘은 이혼한 것쯤 흉이 안 된다고 그렇게 이야기를 해도…….

사남매의 맏아들인 데다가 초등학교 교장으로 정년퇴임한 은수의 아버지는 가부장과 바른 생활의 표본 같은 남자였다. 평생 담배꽁초 하나 길가에 버려본 적이 없다는 아버지는 월급날이면 월급 봉투를 뜯지도 않은 채 어머니에게 넘겨주었고, 대신 생활비가 모자란다는 걱정 같은 것은 귓등으로도 듣지 않았다. 어머니는 자식들에게 가끔가다 푸념 삼아 처음 겪었던 부부싸움을 이야기해주곤 했다. "내가 뭐 대단히 바가지를 긁은 것도 아니었단다. 그저 월말에 가계부 정리하다가 '이번 달은 지출이 많아서 좀 어려웠어요.' 한마디 했는데, '뭐가 어째! 교사 마누라가 돈 얘기를 하면 어쩌자는 거야! 애들 가르치는 나더러 도둑질이라도 하라는 거야?'

하고 벽력같이 소리를 지르지 뭐니. 그다음부터 내가 남한테 돈을 꾸는 한이 있어도 너희 아버지하고는 살림 얘기를 안 한다."

덕분에 은수의 형제들은 자라면서 용돈 투정 한번 하지 못했고, 대학에 들어가서도 밤 열 시 이전에 들어와야만 했다. 세 살 터울의 대학생 오빠가 어느 날 하루 술을 마시고 열 시 통금을 어겼다고 사흘 동안 외갓집으로 쫓겨나 있다가 손이 발이 되도록 빌고 들어오는 것을 고등학교 때 본 은수는 아예 통금을 어겨볼 생각도 하지 않았다. 2박 3일 졸업여행을 허가받은 것만 해도 큰언니는 '평소에 막내라고 아버지가 은수 너를 귀애하시더니, 이런 데서도 티가 나는구나. 나 졸업 때는 입도 못 떼어봤다. 아버지 나이 드셔서 엄청나게 유해지신 거다.' 하며 질시 섞인 감탄을 아끼지 않았다.

그런 아버지는 3년 전까지만 해도 친척 중에서 누가 이혼하느니 마니 하는 이야기를 들으면 쯧, 하고 혀부터 차고 보았다. 이혼 당사자들이 결혼을 너무 쉽게 생각했고 참을성이 없다는 매운 말이야 당연한 것이고, 아무리 애들이 다 커서 출가했다고 해도 그런 지저분한 말이 집안에서 들리는 건 어머니 탓이라는 것이었다.

아버지가 인정하는 이혼 사유는 세 가지밖에 없었다—가정폭력, 외도, 알코올 중독.

그러니 은수가 결혼 3년 만에 이혼한다고 했을 때 집은 왈칵 뒤집어졌다. 더구나 이혼 사유가 남편의 낭비벽이라고 하자, 아버지는 일단 다짜고짜 불벼락부터 내렸다.

“내가 널 그렇게 잘못 가르쳤더냐? 집안에 돈이 좀 없다고 해서 집을 뛰쳐나와 친정에 오고, 백년가약을 맺은 남편하고 헤어질 생각부터 해? 당장 박 서방한테 잘못했다고 빌고 집에 들어가라.”

“그런 게 아니에요, 아버지…….”

은수는 고개를 푹 숙인 채 어렵게 입을 떼어 설명했다. 돈이 없어서 문제가 아니에요. 필요한 곳에 쓸 만큼 쓰는 거라면, 우리가 같이 살 미래를 위해 아끼고 노력하는 기색이 보인다면 지금 당장 지출이 과한 것 정도는 견딜 수 있어요. 하지만 한편에서는 어머니께 보고 배운 대로 조금이라도 아껴보려고 노력하고 있는데, 눈에 보이고 갖고 싶은 것은 뒷일 생각하지 않고 카드로 사버린다면 제가 어떻게 감당을 할 수가 있겠어요. 처음에는 미안하다는 말이라도 하다가 이제 돈 이야기만 나오면 얼굴을 굳힌 채 나가서 술을 마시고 또 술값을 내고 오는 사람과 무슨 부부생활을 할 수 있겠어요. 부부라면 상대방에 대한 최소한의 존중이 있어야 하는 거 아닌가요. 아버지, 전 모든 남자가 아버지 같은 줄 알았어요. 제가 아끼고 절약하면 그에 걸맞게 행동해줄 줄 알았어요. 그런데 그 사람은 제가 말하면 화를 내고, 제가 참으면 아무 문제 없는 듯이 자기 마음대로 하려고 해요…….

은수는 차마 그 '술값' 속에 단란주점이니 룸살롱 계산서가 끼어 있다는 말까지는 하지 못했다. 아니, 말 못한 것은 너무 많았다. 단지 돈문제뿐이 아니라, 옆에 살 붙이고 자는 사람에게 아무리 말해보았자 말이 통하지 않을 때 느껴지는 벼랑 끝에 선 듯한 막막한 단절감. 차근차근히 말을 하다가 애걸하고 화를 내도 상대가 자기 주장만 되풀이할 뿐 전혀 변하지 않을 때 느끼는 외로움. 어차피 그런 부분까지 아버지가 알아주리라고는 바라지 않았고, 다만 3년 동안 차마 남에게 말하지 못했던 것을 털어놓고 이야기하면 아버지가 용납은 못 하더라도 이해는 해줄 줄 알았다. 하지만 아버지가 보인 반응은 위로받고 이해받고 싶었던 은수의 마음을 처절하게 내쳐버렸다.

“그러면 너는 마누라 말에 무조건 네네 하고 따르는 줏대 없는 남자를 원했던 거냐? 남자가 기가 꺾이면 그걸 어디에 쓰겠으며, 집안에서 아내가 남편을 따라주지 않으면 남자가 어떻게 기를 세우겠냐? 내가 너를 막내라고 귀여워만 했더니 네가 뭘 단단히 잘못 생각했구나. 남자가 사회생활 하다 보면 지출이 과할 때도 있는 거고, 그럴 때야말로 여자가 잘 받쳐줘야 하는 거다. 이혼 같은 험한 소리 두 번 다시 입 밖에 올리지 말고, 잔말 말고 박서방한테 미안하다고 사과해라. 나도 딸자식 잘못 키운 죄가 있으니 같이 사과하마.”

그 순간 은수는 남편뿐만 아니라 아버지와도 이혼해서 헤어질 수 있다면 이혼하고 싶었다. 평생 남한테 허리 굽혀본 적 없는 아버지로서는 사위에게 같이 사과하겠다는 것이 아마도 눈에 넣어도 아프지 않을 막내딸에 대한 최대한의 애정 표현이었을 것이다. 그러나 은수는 이제 성인이었고, 이혼 결심 또한 아버지의 불호령에 그만 고개 숙이고 꺾어버릴 정도로 허술하지 않았다. 지루한 밀고 당김 끝에 이혼을 하고, 재산 분할로 생긴 목돈을 전세금으로 삼아 바늘방석 같던 친정에서 자신만의 공간으로 이사하던 날, 어머니의 부탁을 받아 이사를 도와주러 온 오빠는 동정과 감탄이 섞인 눈초리로 은수를 바라보며 말했다.

"그나저나 놀랐다. 난 우리 형제 중에 이혼할 사람이 있으면 나나 강단진 데가 있는 누나일 거라고 생각했지, 순둥이인 너일 거라곤 생각도 못 했다. 그것도 친정에서 몇 달 동안이나 버텨가면서."

은수는 아무 말 없이 웃기만 했다. 바로 옆에 있는 사람에게 시달리는 생활이 마음의 여린 살들을 어떻게 깎아내는가는 겪어보지 않은 사람에게 이야기할 바가 못 되었다. 겪지 않은 사람은 모르는 쪽이 좋고 겪은 사람이 상처를 풀어헤치는 것도 그닥 아름다운 광경은 아니니까.

마침내 수술이 끝난 모양이었다. 남자애는 후다닥 회복실로 뛰어가고 다음 환자가 진료실에 불려 들어갔다. 은수 차례가 되려면 아직 한참 기다려야 할 것 같았다. 은수는 아파서 꼬이는 다리를 억지로 가누며 정수기로 가서 손바닥만 한 종이컵에 두어 번 물을 받아 먹었다. 얼얼하도록 차가운 물이 숙취로 타는 목을 기분 좋게 적시며 내려갔다. 어차피 소변 검사를 수월하게 하려면 물을 좀 먹어둬야 했다. 기다리는 시간이 한없이 길게 느껴졌지만, 이 더운 여름날 아랫배의 고통을 참으며 다른 산부인과를 찾아 길을 헤맬 여력은 없었다. 은수는 한숨을 쉬며 아까 앉았던 자리에 가서 다시 앉았다.

— 전이랑 나물이랑 싸줄 테니까 제사 다음 날이라도 좀 올래?

은수가 집에 가지 못하는 것은 아버지 때문이 아니었다. 물론 친척들이 모여 있을 때 은수와 눈이 마주치면 아버지는 불편한 듯 슬그머니 눈길을 옆으로 돌렸고, 그러면 은수는 알아서 아버지 눈에 안 띄는 부엌으로 물러나 어머니의 일을 도왔다. 미리 어머니에게 귀띔을 받은 친척들은 알아도 모르는 척, 결혼 전의 은수를 대하듯 심상하게 대해주었다. 왜 빨리 결혼 안 하느냐는 채근이 없는 건 오히려 결혼 전보다 편했다. 일 년 정도는 명절이며 집안 모임을 그렇게 보냈다.

폭탄은 엉뚱한 곳에서 터졌다. 작년 아버지 생신 때문에 모인다고 은수와 집이 가까운 언니 차를 얻어 탄 것이 화근이라면 화근이었다. 은수보다 다섯 살 많은 언니는 그야말로 살림 밑천이 된 맏딸이었다. 명색이 교육자 집안인 데다가 삼남매 모두 성적이 좋은 편이었기 때문에 어머니는 등골이 휘어도 자식들을 전부 대학에 보낼 각오를 하고 있었지만, 시기가 너무 좋지 않았다. 막내 작은아버지가 서른둘의 나이에 결혼을 앞두고 있었고, 할아버지가 돌아가시고 없는 집안에서 이전에 이미 동생들 둘의 결혼 밑천을 댔던 아버지는 당연히 열다섯 살 터울 지는 막냇동생의 결혼까지 책임져야 한다고 생각했다. 부부싸움을 하는 소리가 안방 문턱을 넘어 나온 적이 없는 은수의 집안에서, "동생 둘 시집 장가 보냈으면 사람 도리 할 만큼 다한 거지, 그래 막냇동생까지 챙기자고 생때같은 자식들 앞날을 망칠랍니까? 그 동생은 애들 삼촌이랑 고모한테는 동생 아니랍니까? 암만 있는 돈 없는 돈을 끌어모아도 안 되는 건 안 되는 거예요!" 하는 어머니의 울음 섞인 쇳소리가 온 집안을 뒤흔들었던 그날은 충격과 공포의 날이었다. 아버지에게 대드는 어머니의 목소리를 들으며 어린 은수는 지금까지 알던 세상이 다 무너지는 것만 같았다. 대학 입시를 앞두고 부부싸움의 당사자 아닌 당사자가 된 언니는 문제집에 시선을 고정시킨 채 입술만 잘근잘근

깨물고 있었다. 샤프를 하얗게 움켜쥔 손가락은 한 문제도 풀지 못한 채 애꿎은 연습장 위만 박박 휘저었다. 언니는 결국 장학금을 받으며 전문대 간호학과를 다녔고, 졸업하자마자 병원에 취직해 돈을 벌었다. 그 돈이 언니의 결혼 자금으로 쓰였을 뿐만 아니라 오빠와 은수의 대학생활까지 크게 뒷받침해주었다는 것은 온 가족이 다 알지만 아무도 입 밖에 내지 않는 비밀이었다.

그래서일까. 조카들에 대한 언니의 정성은 유다른 데가 있었다. 워낙 형부네 집안이 돈 걱정을 안 해도 될 정도로 유족하기는 했지만, 언니는 결혼 후에도 계속하던 병원 일을 임신이 확인되자마자 그만둬버렸다. 임신 기간에 온갖 좋다는 태교를 다 한 것은 물론이고 아이들이 커가면서 먹는 것, 입는 것, 배우는 것에는 돈을 아끼지 않았다. 호인인 형부와 지극정성인 언니 밑에서 크는 조카들이 조금 버릇없는 것은 아닌가 눈에 거슬리는 부분은 있었지만 친정에서는 아무도 조카들에게 뭐라 하지 못했다. 어느 날 아버지가 집 안에서 마구 뛰어다니던 큰손녀를 '조신하지 못하게!'라고 꾸짖은 적이 있었는데, 그때까지 한 번도 아버지에게 대든 적이 없던 언니가 가시눈을 하고 앙칼진 목소리로 결기를 부린 것이다.

“아버지, 여자애라고 기를 꺾고 집안에 희생하라고 가르치는 건 저로 끝내세요. 아버지가 제 자식한테까지 그러시면 저 이 집에 다신 안 와요.”

그런 말이 나올 경우가 전혀 아니었지만, 찔리는 바가 있었던 아버지는 눈을 내리깔고 어물어물 미안하다고 중얼거렸다. 그 상황을 전하던 어머니는 통쾌하다는 듯이 덧붙였다.

“그 양반도 이제 좀 알겠지. 자식한테 특별히 뭘 해주지는 못할망정 자식한테 빚지는 게 얼마나 무서운지.”

언니네 자식은 둘이었는데 딸인 큰애가 작년에 열넷이고 아들은 열하나였다. 아직 애티를 벗지 못한 동생 민수에 비해 중1짜리 큰조카 민정이는 껑충한 키와 몸만 보면 벌써 봉긋한 가슴에 처녀 태가 완연했다. 하지만 하는 짓은 영 아이나 한가지라 계속 자발없이 동생과 말꼬리를 잡아 싸우거나 운전하는 형부에게 말을 걸다가 언니에게 혼나곤 했다. 대형차 뒷좌석이 아무리 넓다 한들 투닥거리는 조카들 틈에 부대끼며 끼어 가는 것이 편하지는 않았다. 민정이도 그런 심정은 마찬가지였는지 아니면 그저 호기심 때문이었는지 가끔 은수를 곁눈질하며 곤란한 질문을 서슴지 않았다.

"이모, 이모는 왜 이모부 차 안 타고 우리 차에 타고 가요?"

"이모는 이모부랑 헤어졌거든."

"어, 그럼 이모랑 이모부랑 이혼한 거예요? 결혼 끝난 거예요?"

"……응."

곤혹스러운 질문이었지만 여기까지야 철들지 않은 아이의 무람없는 호기심이라 이해하고 넘어갈 수 있었다. 유행하는 음악을 틀어 달란다, 놀자고 달라붙는 동생을 떼낸다, 한참 부산을 떨던 민정이가 그다음에 던진 질문은 어른들의 가슴을 철렁 내려앉게 만들었다.

"이모, 이혼하니까 좋아요?"

은수는 한참 말을 못 하고 망설였다. 앞좌석에 앉은 언니와 형부의 표정이 구겨지는 것은 눈으로 보지 않아도 느낄 수 있었다. 아이는 어른들의 당황한 모습이 즐거운 듯 생글거리면서 "응? 좋아요? 어때요?" 하고 대답을 재촉했다. 은수는 마른입을 축이고 간신히 무난한 말을 찾았다.

"좋은 점도 있고 나쁜 점도 있지."

"뭐가 좋고 뭐가 나빠요?"

"민정아! 이모한테 그런 거 물어보면 못써!"

언니의 노기 어린 목소리가 터지자 민정이는 혀를 낼름 내밀며 목을 움츠렸다. 민정이가 제 엄마를 무서워하지 않는다는 건 누가 봐도 알 수 있었다. 예약해놓은 한정식 집에 다 와갈 무렵, 민정이는 다시 은수에게 엉겨 붙었다.

"이모, 그럼 이모 집에 가끔 놀러 가도 돼요?"

"이모 집은 작고 불편해. 네가 놀 것도 없고. 뭐 하러 놀러 오려고 그러니?"

은수는 앞자리의 언니 눈치를 살펴가며 뜨악하게 대답했지만 민정이에게는 통하지 않았다. 민정이는 아무렇지도 않게 목까지 오는 머리를 몇 가닥 잡아 손가락으로 꼬아가며 대답했다.

"왜요? 이모는 혼자 사는 거잖아요. 난 혼자 사는 사람 집은 어떤지 꼭 가보고 싶더라. 저도 이다음에 커서 자기 집 갖고 혼자 사는 게 꿈이걸랑요."

은수는 이 되바라진 조카애에게 화를 내야 할지 어린애 말이라고 무시해야 할지 갈피를 잡을 수가 없었다. 다행히 은수가 대답을 강요받기 전 차가 목적지에 도착했다. 방금 자기가 한 질문을 기억하는지 어쩌는지, 아이는 동생을 밀어대며 나비처럼 팔랑팔랑 차에서 내렸다.

그날 식사 시간 내내 언니는 차갑게 얼굴을 굳히고 꼭 필요한 말 외에는 한 마디도 하지 않았다. 겸연쩍은 형부는 괜히 더 너스레를 떨고 처가 식구들에게 요리를 권해가며 분위기를 바꿔보려고 했지만 은수는 음식 맛이 어떤지, 어디로 넘어가는지도 느낄 수 없었다. 은수는 자기가 어디선가 굴러온 모난 돌이 된 것 같다는 생각을 했다. 기화요초와 값진 수석들로 장식된 정원에 와서 박혀 있는 천더기 돌. 아예 돌처럼 느낌도 생각도 없이 박혀 있다가 누군가의 손길에 파헤쳐져 버려지면 좋으련만. 이런 은수의 기색은 아랑곳없이 아이들은 그저 맛난 음식과 생일 축하 케이크에 코를 파묻고 먹기 바빴다.

모임이 끝나고 집에 바래다주겠다는 형부에게 "일 약속이 있어서요." 하고 둘러댔을 때, 언니는 은수를 잡지 않았다. 집에 와서 명치께에 얹힌 요리를 한바탕 토해내고 속을 조금 추슬렀을 때 어머니에게서 전화가 왔다.

"얘, 도대체 무슨 일이 있었니? 은영이가 전화로 네 아버지한테 아주 노발대발을 하더라. 네가 민정이한테 뭐라 그랬니? 네가 뭐 애들한테 안 좋은 본보기가 된다고, 앞으로 너 오면 자기가 안 온다고……. 에휴, 내 속으로 낳은 자식이라 내 자식인 줄 알았더니 씨도둑은 못한다고, 은영이 걔가 어렸을 때는 음전하고 원만하더니만 어째 나이 들수록 성깔이 네 아버지 판박이냐……."

그다음부터 은수는 식구들이나 친척들이 모이는 날 친정에 가지 않았다. 언니 심정이 이해 안 가는 것도 아니었다. 손 안의 구슬처럼 귀한 딸자식이 고이 자라 결혼해서 무탈하게 사는 것이 딸 가진 모든 부모의 소망일진대, 바로 가까이 있는 이혼한 이모가 딸에게 역할 모델로 비친다면 누가 걱정하지 않겠는가.

"조은수 씨, 진료실로 들어가세요."

간호사의 카랑한 목소리가 두서없는 회상을 끊었다. 시계를 보니 벌써 한 시간이 훌쩍 지나 있었다. 의사에게 증세를 말하고, 소변을 받아 오고, 의사가 결혼과 출산 여부를 물은 후 진료에 들어가는 이다음 절차들은 만성 환자인 은수에게 아주 익숙한 것들이었다. 다행히 이곳 원장은 나이 지긋하고 넉넉한 몸집에 서글서글해 뵈는 여의사였다. 덕분에 질경의 차갑고 부담스러운 감촉이 질을 헤집고 들어올 때도 은수의 마음은 조금 가벼웠다. 아무리 의사라 해도 외간 남자에게 아랫도리를 내맡기고 싶지 않은 것은 여자라면 모두 느낄 인지상정이리라.

처방전을 받고 진료비를 계산하는데, 회복실 문이 빼끔 열리면서 아까 본 남자애가 여자애를 부축하고 나왔다. 여자애는 마취가 덜 풀렸는지 흐린 눈을 하고 남자애의 어깨에 기대 비척비척 발걸음을 옮기고 있었다. 무심코 여자애를 쳐다본 은수의 눈이 커졌다. 은수는 터져나오려는 놀람의 소리를 내리누르고, 태연히 계산을 마친 후 엘리베이터를 타고 내려와 건물 입구에서 서성대며 기다렸다. 그 어린 한 쌍이 내려오는 데는 별로 시간이 걸리지 않았다. 그들이 은수를 지나치려던 찰나 은수는 여자애 앞을 가로막았다.

"얘, 민정아! 잠깐만……."

누군가 하고 멍한 눈으로 바라보던 여자애가 갑자기 히익 하고 숨을 들이마시며 두 팔로 남자애를 밀쳤다. 새처럼 높고 호들갑스러운 하이 소프라노 목소리가 그 뒤를 따랐다.

"어떡해 어떡해 오빠, 우리 이모야. 빨리 저리 가! 내 나중에 전화할게 빨리 가, 응?"

당황한 남자애는 민정이의 기세에 밀려 몇 발짝 떼더니 도망도 제대로 가지 못하고 주차된 차 뒤에 엉거주춤 서 있었다. 하지만 민정이를 알아본 순간부터 남자애에게 아무 관심도 없었던 은수는 재빨리 민정이의 옆으로 돌아 팔을 꽉 끼었다. 민정이는 도망가려고 몇 번 파닥거리며 은수의 몸을 밀어냈지만 마취 직후의 힘으로는 역부족이었다.

"민정아, 너 일단 우리 집에 가서 좀 쉬자. 이 근처거든?"

"이모, 나 집에 데려다놓고 우리 엄마한테 전화해서 이르려고 그러죠? 그런 거죠?"

시늉이 아니라 진짜 울음이 섞인 아이의 목소리가 가슴에 애처롭게 와닿았다. 이 되바라진 조카가 얼마나 얄미웠는지는 잠시 잊은 채 은수는 몸속 저 밑바닥에서부터 연민과 애정이 울컥 치밀어오르는 것을 느꼈다. 저도 모르게 어린아이를 달래는 어조를 흉내내며, 은수는 몇 번이나 "안 일러, 안 일러…… 비밀 지킬게." 하고 되뇌었다. 남이 들으면 우습겠지만 진정이었다. 애초에 민정이를 붙잡았던 것부터가 혼을 내준다든지 잘 타이른다든지 하는 학생부 선생 같은 생각과는 거리가 멀었다. 어렸을 때부터 똑바른 길이라 믿어왔던 생활에서 어느덧 한참 벗어나버린 은수 자신이 이제 와서 어른들의 공모에 끼어들어 민정이를 타이른다고 무엇이 얻어지겠는가. 은수는 분명 언니에게 말도 못 하고 남자친구의 팔에 기대어 병원을 찾았을 민정이, 유산 후의 통증을 좀 심한 생리통쯤으로 생각하고 몸조리고 뭐고 없이 일상생활을 할 민정이에게 따뜻한 미역국 한 그릇 먹여주고 하루라도 남모르게 푹 쉬게 해주고 싶었을 뿐이었다.

아이는 하반신을 침대 속에 파묻고 묵묵히 고개를 숙인 채 미역국을 한 숟갈씩 떠먹었다. 다 먹은 그릇을 물리면서 민정이는 발딱 고개를 쳐들고 은수를 똑바로 바라보았다.

"이모도 임신했던 거예요?"

은수는 순간 헛웃음이 나왔다. 아이의 속은 빤히 들여다보였다. 어떻게든 은수에게 약점을 잡히기 싫어서 은수의 비밀 하나를 잡고 있고 싶은 것이다. 은수는 짐짓 태연하게 말했다.

"아니야. 이모는 만성 방광염이거든. 피곤하면 자꾸

재발하는 거야. 꼭 임신을 해야 산부인과에 가는 건 아니란다."

독 오른 뱀처럼 빳빳하던 민정이의 고개에 힘이 빠졌다. 민정이는 한풀 죽은 목소리로 물었다.

"근데 이모는 나 야단 안 쳐요?"

"야단쳐서 뭐 할 건데. 그럼 네가 벌써…… 연애를 했다는 사실이 바뀌기를 하니, 수술했다는 사실이 없어지기를 하니. 그런 거 뭐라고 안 할 테니까 오늘 하루는 그냥 누워서 푹 자고 가. 유산한 건 산후조리랑 똑같이 몸조리해야 한다고 하니까, 이삼 주는 될 수 있으면 잠 많이 자고. 물 마실래?"

"……네."

물잔을 들고 들어가자 민정이는 후다닥 핸드폰을 감추었다. 아까 그 남자애에게 문자라도 보내고 있었던 것이리라. 은수는 못 본 척 물잔을 쥐여주었고, 민정이는 약국에서 받아 온 약을 주섬주섬 꺼내더니 물과 함께 꿀꺽 삼켰다. 민정이가 다 비운 물잔을 침대 옆 화장대에 내려놓자 은수는 물잔을 들고 나가려고 했다. 그런데 예기치 못한 민정이의 떨리는 목소리가 은수의 발길을 잡아챘다.

"이모…… 사실은 정말 그렇게 될 줄 몰랐어요. 오빠도 나도 너무 무서웠어요. 그래도 오빠가 자기가 책임진다 그러고, 어떻게 돈을 구해와서……. 나 엄마가 눈치챌까봐 요 몇 달 동안 얼마나 떨었다구요. 정말 엄마한테 이르심 안 돼요……."

말끝은 눈물로 흐려져 알아들을 수도 없었다. 은수는 어떻게 할지 잠시 망설이다가 잠자코 침대 옆에 가서 민정이의 등을 천천히 둥그렇게 쓸었다. 그 손길에 참지 못하고 와악 울어버린 민정이가 제 몸속 울음을 다 비워낸 후 지쳐 잠들 무렵엔, 어느덧 따갑던 오후 햇살이 한풀 꺾여 눅어들고 있었다.

다음 날 저녁 핸드폰이 울렸을 때 은수는 며칠 전 출판사에서 받아 온 번역용 원서를 검토하고 있었다. 갑작스러운 전화벨 소리에 얼굴을 찡그리며 발신자 번호를 본 은수는 화급히 전화를 받았다. 수화기를 귀에 갖다대자마자 익숙한 목소리가 악을 썼다.

"너 도대체 우리 민정이한테 무슨 짓을 한 거니?"

"무슨 짓이라니, 그게 무슨 소리야?"

"너 때문에 어제 학원 빠졌다며! 너희 집에 가 있었다고 애가 당당하게 말하길래 왜 이모네 집에 갔냐고 따졌더니, 민정이가 나더러 이모 반만 자기를 이해하라느니 신경질을 내고 나가버렸어. 생전 안 그러던 애가 나한테 막 대드는데, 어제 너네 둘이 도대체 뭘 한 거야?"

"뭘 하긴! 그게……."

은수는 갑자기 말문이 막혔다. 상황은 충분히 짐작할 수 있었다. 학원에서 집으로 전화가 왔든지, 아니면 평소와 다른 민정이 기색에 언니가 학원으로 전화를 걸어보았든지 해서 민정이가 학원에 빠졌다는 사실이 들통났을 테고, 성적 등수 때문에 눈에 불을 켜는 언니는 민정이를 마구 닦달했을 것이다. 민정이는 대충 몸이 아파서 이모네 집에 있었다고 둘러대고 언니는 왜 집에 안 오고 이모네 집에 갔냐고 아이를 몰아세웠으리라. 안 그래도 학원 한 번 빠지는 것보다 훨씬 큰일을 겪은 민정이가 그런 다그침을 참아낼 수는 없었을 것이다. 지금도 눈에 불을 켜고 제 성질을 못 이겨 파르르 떨어대는 언니의 모습이 눈에 선했다. 쇳소리 섞인 언니의 목소리가 폭풍우처럼 귀를 때렸다.

"지금 걔 핸드폰으로 아무리 걸어봐도 안 받아. 자식이 어디 갔는지 모르고 연락도 안 되는 부모 마음을 애

없는 니가 알아? 너, 찾아내. 우리 딸 찾아내. 내 이러지 않을까 걱정했어. 안 그래도 예민한 나이에 너 같은 애가 멋있어 보이면 어쩌라고 그래? 빨리 우리 딸 찾아내고, 다시는 애한테 접근하지 마. 알았어?"

대꾸하지 말자. 언니도 지금 놀라서 제정신이 아니니까, 그저 있는 소리 없는 소리 다 주워섬기는 걸로 생각하고 진정으로 받아들이지 말자. 발칵 돋아 오르려는 성질을 간신히 억누르고 은수는 자기도 찾아보겠다고 대답한 후 대충 전화를 끊었다. 하지만 민정이가 걱정되는 것은 은수도 마찬가지였다. 아마도 남자친구를 찾아갔겠지만, 그 둘이 또 어디 가서 무엇을 할지 알 수 없는 일이다. 수술한 지 하루밖에 되지 않았는데 어디 가서 술을 마시거나 내친김에 외박이라도 한다면 일은 더 커질 것이었다. 그건 열다섯 살짜리가 제대로 감당하거나 비밀을 지킬 수 있는 짐이 아니다. 여기까지 생각이 미치자 핸드백을 챙겨들고 현관문을 여는 은수의 손이 후들후들 떨렸다.

막상 밖에 나오니 막막했다. 해가 긴 여름인데도 하늘 저편에는 어느덧 장밋빛 놀이 퍼져가고 있었고, 인적이 성긴 저녁 거리는 유난히도 넓어 보였다. 시간이 이렇게 되었으니 병원도 문을 닫았을 것이다. 아까 생각이 미쳤으면 좋았을걸, 이제는 혹시라도 남자아이가 병원에 남겨놓았을 연락처를 찾을 수도 없었다. 넋을 놓고 길을 바라보던 은수의 가슴에서 자기도 모르게 한숨이 새어나왔다. 내 열다섯 살 때, 거리는 이렇게 넓고 갈 수 있는 길은 이렇게 많았던가. 분명히 자신이 지나온 길인데도, 지금 거리를 헤매고 있을 열다섯 살 여자아이가 가고 있는 길의 방향을 서른다섯의 은수는 짐작조차 할 수 없었다. 어디로 가야 할지 모르는 채 망연히 서 있는 은수의 어깨 위로 아직도 한낮의 열기를 품은 바람 한 줄기가 스산하게 스쳐갔다.

하나를 위한
하루

그 일 후에 하나님이 아브라함을 시험하시려고 그를 부르시되 아브라함아 하니 그가 이르되 내가 여기 있나이다. 여호와께서 이르시되 네 아들 네 사랑하는 독자 이삭을 데리고 모리아 땅으로 가서 내가 네게 일러 준 한 산 거기서 그를 번제로 드리라.

- 창세기 22장 1~2절

형의 도착

7년 만에 보는 형은 별로 변한 것이 없었다. 인공 태양광에 보기 좋게 그을었지만 여전히 반질거리는 얼굴,

마르지도 찌지도 않은 체격, 몸에 걸치고 태어난 것같이 착 달라붙는 최고급 수트, 생각에 골몰한 듯한 인상을 강조하는 미간의 내 천 자. 7년 전과 마찬가지로 주름살 하나, 흰머리 하나 생기지 않았다. 달라진 것이 있다면 내 쪽이었다. 이제 갓 마흔 줄에 들어선 나는 7년 전보다 허리띠 구멍을 두 개 더 늘려 끼웠고, 끊어야지 끊어야지 하면서 끊지 못한 담배 때문에 피부가 거칠어졌고, 머리를 감을 때마다 빠지는 흰머리를 보며 혀를 찼다. 이제 형 옆에 있으면 내가 더 나이 들어 보였다. 그러나 그렇다고 해서 우리 둘을 나란히 놓고 보았을 때 우리가 태어난 순서를 착각하는 사람은 없을 것이었다. 그가 형이었다. 형은 장자의 권위와 자신감과 힘을, 철갑처럼 몸에 두르고 있었다. 나는 형에게서 수트케이스를 받아 들었다. 가방은 생각보다 가볍게 들려 올라왔다.

"짐이 별로 없네?"

"어차피 한국에 오래 있을 것도 아니고, 옷가지는 호텔로 직접 부쳤다."

나는 고개를 끄덕였다. 형이 우리 집에 묵으리라고 생각하지는 않았다. 그것은 형 스타일이 아니었다. 형은 소음을 싫어하고, 남에게 폐 끼치는 것을 싫어했다.

'남'은 자신이 아닌 모든 사람을 뜻하는 것이었다. 오히려 나는 형이 양양 우주공항까지 자기를 데리러 오라고 한 것이 더 신기했다. 내가 아는 형이라면 호텔에 들어가 짐 정리를 해놓고 저녁이나 먹자고 나를 불러냈을 것이었다. 나는 차 문을 열고 형이 타기를 기다렸다. 형은 차 내부를 비평하듯 둘러본 다음 좌석에 앉았다.

"차를 바꿨구나."

"그동안 몇 년이나 지났는데. 오래 타다 보니까 GPS 감도도 많이 떨어지고. 이거 현대에서 나온 '헬시언'이라는 새 모델인데, 괜찮아요. 유럽이랑 중국에서도 잘 나가는 차야. 뭣보다 자동운전 오작동률이 낮아서 안전하거든."

"하지만 운전은 수동으로 부탁해."

"양양에서 서울까지?"

나는 놀라서 형을 쳐다보았다. 아무리 도로 사정이 개선되고 하늘길로 교통로가 분산되었다고 해도 강원도에서 서울이면 서너 시간은 걸리는 거리였다. 요즘 그렇게 긴 시간 동안 직접 운전대를 붙잡고 앉아 있는 운전자는 없었다. 그러나 형의 옆얼굴은 털끝 하나 변하지 않았다.

"할 이야기가 좀 있는데, 아무래도 자동 장치들은 미덥지 않아서."

"……알았어요."

보안이 생명인 업종에 종사하는 형이 한번 그렇게 말하면 어쩔 수 없었다. 나는 한숨을 쉬며 수동운전 모드로 전환하고 차의 전자두뇌를 껐다. 그렇다 해도 대부분의 차들이 자동운전 모드로 달리기 때문에 도로 흐름만 따라가면 사고가 날 일은 없었다.

형은 강원도를 절반쯤 횡단하고 나서야 입을 열었다.

"아버지는 어떠시냐?"

"아……."

"자주 찾아가 뵙냐?"

"……아니."

입안이 말랐다. 이유를 설명하고 싶었다. 그동안 일이 많아 눈코 뜰 새 없이 바빴고, 두 달 전에는 하나가 독감에 걸렸고, 하나의 독감이 끝나자 집의 중앙제어장치가 고장 나는 바람에 수리해야 했고…… 그러나 전부 핑계였다. 아버지를 찾아가지 않은 지 반년쯤 되었고, 그 전에 찾아간 때는 설날이었다. 그 외에는 요양원에서 한 달에 한 번 보내주는 검사 결과와 동영상 메일을 보고 아버지의 병세가 확연히 나빠지지 않았다는 것만 확인하고 지나갔다. 변명의 여지가 없었다. 마음이 가지 않으니 몸이 가지 않았던 것이다. 형은 내 표정을 보더니 픽 웃었다.

"됐다. 칠 년 동안 못 찾아뵌 맏아들도 있는데 네가 그런 얼굴 안 해도 돼. 꼭 네가 중학교 때 성적표 위조하고 나서 짓던 표정 같구나."

"내가, 그랬나?"

나는 어색하게 웃음을 지었다. 그러나 마음속으로는 이미 벨트 아래를 맞은 권투선수가 된 기분이었다. 형은 여전했다. 만난 지 한 시간도 되지 않아서 말 몇 마디로 다리를 흐물흐물하게 만들어버렸다. 그런 점에서 형은 아버지를 닮았다. 아니, 차라리 아버지는 눈에 보이는 폭력을 쓰기라도 했다. 형은 내게 손 한 번 댄 적이 없었지만 나는 늘 형 앞에 가면 숨이 막혔다. 겨우 걷기 시작했을 때부터 7년 전 우주정거장으로 떠나는 형을 배웅하던 순간까지, 형은 넘을 수 없는 철벽과 같은 존재였다.

잠시 침묵이 흘렀다. 다음 말을 꺼낸 것도 역시 형이었다.

"하나는 잘 크니? 별일 없고?"

"어, 건강하고, 잘 커."

이것도 의외였다. 7년 전 형은 마치 물건처럼 하나를 넘겨준 다음 우주정거장으로 가버렸다. 형이 하나를 기억하고 있다는 것 자체가 놀라웠다. 그런 내 마음을 눈치챘는지 형이 다시 피식 웃었다.

"뭐 그리 놀라냐. 하나는 네 딸이지만 내 작품이기도 하잖니. 안부 정도는 당연히 물어야지."

"어…… 응."

'작품'이라는 말이 거슬리긴 했지만 그래도 이 화제는 반가웠다. 하나에 대해서라면 양양에서 서울로 가는 동안 내내 이야기할 수 있었다. 유치원에서 아이들을 휘어잡고 다니고, 수업시간에 만든 요리랍시고 쿠키를 구워 와 아빠에게 억지로 먹이고, '마법의 용 퍼프' 연극을 보다가 참지 못하고 눈물 콧물 줄줄 빼며 울어버린 하나. 자기는 공주님이라고 늘 분홍색 옷과 분홍색 머리띠를 찾지만 로봇 장난감은 누구에게도 빼앗기지 않는다는 하나. 목욕을 마친 후 답싹 안길 때 몸에서 나는 아기 향기와 보드라운 머리카락. 하나의 이런저런 모습을 떠올리다가 저절로 입이 벙싯 벌어지려던 참이었다.

"그래서 말인데, 하나는 내가 좀 데려가야겠다."

하나의 안부를 묻던 것과 똑같은 표정으로 형이 말했다. 8년 전 '아이를 만들어줄 테니 어리광은 그만해라.' 하고 말하던 것과 똑같은 목소리와 어조였다.

"내일은 하나랑 유원지에 가기로 했는데."

나는 운전대를 잡고 앞을 노려보면서 누군가가 갈라진 목소리로 그렇게 말하는 것을 들었다. 누가 왜 그 말을 하고 있는지 알 수 없었다. 한참 후에야 그것이 내 목소리라는 것을 깨달았다. 그때서야 호흡이 툭 끊어졌고, 그다음에는 숨을 쉴 수가 없었다. 형이 옆에서 뭐라고 말을 하고 있었지만 들리지 않았다. 나는 차를 거칠게 갓길에 갖다 댔다.

내일은 하나와 함께 유원지에 가기로 했는데.

왜 그렇게 말했는지 모를 일이었다. 그냥 '형, 무슨 소리야?'라고 말하면 되는 거였고, 좀 더 심각하게 반응한다면 정색을 하고 '무슨 말이야? 내 딸내미를 데려가긴 어딜 데려가?' 정도로 충분했다. 왜 나는 형의 말이 어길 수 없는 명령인 것처럼, 변명하듯이 그렇게 말했을까. 갑자기 위에서 신물이 치솟아올랐다. 나는 주머니를 더듬어 담배를 찾았다. 세 모금째 연기를 들이마실 때에야 형의 목소리가 다시 들리기 시작했다.

팔 년 전

처음 수미와 사귀고 싶다고 말했을 때 형의 입술은 미묘하게 말려 올라갔다. 웃음인지 난처함인지 모를 표정으로 형이 말했다.

"의외구나. 걔가 그렇게 다정다감한 아이는 아닌데."

그때도 '다정다감'이라는 말이 형 입에서 나오자 왠지 무척 우스워 보였다. 그러나 수미와 나를 잇는 끈은 형밖에 없었다. 수미는 형의 대학 후배고, 회사 연구실 후배였다. 다행히 형은 반대하지 않았고, 수미에게 나를 소개시켜주었고, 나중에 어떤 아가씨냐고 묻는 아버지 어머니에게도 '야무지고 괜찮은 애예요. 경수가 좀 어리바리하니까 잘 맞을걸요.' 하고 말했다. 형이 그렇게 말해준 덕분에 부모님의 반대는 없었다. 우리 부모님에게 형의 판단은 늘 옳았다.

수미네 집에서는 수미의 판단이 늘 옳았다. 처음 인사를 드리러 갔을 때 수미와 별로 닮지 않은 장모님이 신기하다는 듯이 나를 위아래로 훑어보며 말했다.

"그런데 참 의외네. 수미가 좋다니 우리야 물론 좋지

만, 난 재가 연애로 결혼할 거라고는 생각도 못 해봤어. 사실 내 딸이지만 재가 남자한테 관심을 갖거나 예쁘게 보이려는 타입은 아니잖아."

"그래서 제가 반했습니다."

내가 웃으며 대답했다. 그 말은 진실이었다. 휴일날 어쩌다 형이 가져가야 하는데 잊어버린 서류를 전해주러 갔을 때, 유리로 된 벽 너머에서 회의를 하고 있던 형의 팀 동료들 중에서 그녀는 단연 돋보였다. 정확히 말하면 형과 그녀 둘만이 눈에 도드라졌다. 둘 다 일과 자신에 몰두했고, 자신이 무슨 말을 하는지 확실히 알고 있는 사람이었다. 차이가 있다면 형은 자신의 권역에 타인의 침범을 허락하지 않을 정도로 견고하고 강력했고, 그녀는 완전히 무방비 상태인 것처럼 보였다. 그 모습을 보자 가슴이 콱 찔린 기분이었다.

그 기분은 수미를 사귀는 내내 지속되었고, 결혼을 하고 나서도 사라지지 않았다. 수미는 늘 나를 놀라게 했다. 어떤 면에서는 타협의 여지없이 차갑고 완고했고, 어떤 면에서는 나이 서른이 넘은 여자가 저래도 되나 싶을 정도로 천진난만했고, 어떤 것은 너무나 선뜻 받아들였다. 이른바 여자답게 살갑거나 다정한 면은 없었지만 그녀와 함께 있으면 모든 것이 반짝거렸다. 장모님께 한 말마따나, 나는 수미에게 홀딱 반해 있었다.

우리의 교제에 반대하는 사람은 없었고, 결혼한다고 하자 모두 축복해주었다. 동화책의 결말에 나오는 왕자님과 공주님처럼 우리는 결혼해서 행복하게 살았다. 그러나 일 년 반이 지난 어느 날 밤 수미는 침실 경대 앞에서 몇 번 왔다 갔다 하다가 이렇게 말했다.

"경수야, 나 애는 못 낳겠어."

사월 말이었다. 밤은 다정하고 촉촉했고, 일찍 핀 라일락 향기가 어렴풋이 아파트 베란다 너머로 흘러들어왔다. 나는 서늘한 수미의 살갗이 와닿기를 기다리며 침대에 엎드려 빌려온 만화책장을 넘기고 있었다. 수미가 하도 침착하고 조용하게 그 말을 하는 바람에 건성으로 '응, 그래?' 하고 들어 넘길 뻔했다. 잠시 후 그 말이 완전히 소화되자 나는 튕기듯 침대 위에 일어나 앉았다.

"방금 뭐라고 했어?"

그때까지 아기를 갖는 문제에 대해서 둘이 제대로 진지하게 이야기한 적은 없었다. 하지만 나는 당연히 때가 되면 아기를 갖게 될 거라고 생각했고, 그때가 언제인지만 수미와 의논해서 조절하면 될 거라고 생각했다. 남자애든 여자애든 상관없었고, 하나를 낳든 둘을 낳든 수미의 의사에 따를 작정이었다. 하지만 아예 아기를 안 갖겠다는 생각은 해본 적이 없었다. 수미도 평소에 아기를 갖기 싫다는 티를 낸 적이 없었다. 나는 수미를 똑바로 쳐다보려 했으나, 수미는 발걸음을 멈추지 않았다. 안방 경대 앞은 기껏해야 두 발짝 아니면 세 발짝인데도 수미와 눈을 마주칠 수가 없었다. 그렇게 눈길을 돌린 채 수미가 책을 읽듯 단조로운 목소리로 말했다.

"정기 건강검진을 하는 김에 정밀 검사를 신청했거든. 노산까지는 아니라도 생물학적으로 한창 나이에 임신하는 건 아니니까 위험요소가 있는지, 있으면 어떤 건지 확실히 해두고 싶었어. 그런데 내 호르몬 수치들이 정상이 아니야. 정확히 말하면 도파민, 옥시토신, 세로토닌, 이쪽 계열이⋯⋯ 그래서 뇌 영상을 찍어봤는데⋯⋯."

"그게 무슨 소리야? 내가 좀 알아듣게 설명해봐."

형과 수미는 제약회사 연구실에 다녔지만 나는 평범한 회계 담당 회사원일 뿐이었다. 수미가 무슨 말을 하고 있는 건지 알아들을 수가 없었다. 수미는 멍한 눈으로 잠시 나를 바라보다가 다시 눈길을 돌렸다. 수미의 어조가 한층 더 딱딱해졌다.

"한마디로 내 뇌는 사랑이나 모성애와 연관된 호르몬을 정상 수준만큼 분비하지 못해. 한참 밑돌아. 그래서 아기를 낳더라도 그 아기가 필요한 만큼 적절히 사랑해줄 수가 없어. 산후 우울증에 걸릴 확률도 훨씬 높지. 아기에게 애착장애가 일어날지도 모르고, 더 나쁜 경우는 이런 기능장애가 유전될 수도……."

메트로놈처럼 돌아다니는 수미의 걸음을 더 이상 참을 수가 없었다. 나는 억지로 수미의 팔을 잡아 침대에 앉히고 간곡하게 말했다.

"수미야, 수미야. 그건 말도 안 되는 소리야. 넌 나 사랑하지 않니? 너도 나 사랑하니까 결혼한 거 아냐. 아기도 마찬가지야. 네가 그런 걱정을 하는 거 자체가 벌써 아기를 사랑하니까 그러는 거잖아."

그때까지 시선을 피하고 있던 수미가 갑자기 눈을 들어 나를 똑바로 쳐다보았다. 나도 모르게 숨을 들이쉬었다. 내 아내의 눈이 이렇게 깊고 공허했던가? 이렇게 메마르고 바삭거렸던가? 수천 년은 늙어버린 것 같은 눈으로 나를 바라보며 수미가 말했다.

"모르겠어. 너는 좋은 사람이고, 믿을 수 있는 사람이고, 나를 좋아해. 그렇기 때문에 나도 너와 있으면 기분이 좋고 마음이 편해. 다른 사람과 함께 있을 때처럼 경계하거나 나를 이해시키기 위해 노력하지 않아도 되니까. 하지만 네가 말하는 것처럼 가슴이 벅차거나 몸이 달아오르거나 머리가 어질어질해지는 기분은 느껴본 적이 없어."

"나한텐 그걸로 충분해."

나는 서둘러 말했다. 사실이었다. 나 때문에 몸이 달거나 얼굴이 붉어지거나 가슴이 콩닥거리는 수미는 상상한 적도 바란 적도 없었다. 수미는 그대로 좋았다. 그러나 수미는 지친 듯이 미소를 지으며 말했다.

"그래. 하지만 아기에게도 그걸로 충분할까?"

나는 입을 다물었다. 침묵이 얼음처럼 우리를 에워쌌다. 잠시 후 불이 꺼지고 수미가 내 옆에 누웠지만 그날 밤 우리는 더 이상 아무 말도 하지 않았다.

그러나 나는 아기를 포기하지 않았다. 호르몬이야 약으로 조절하거나 무슨 방법이 있을 거고 수미만 설득하면 된다고 믿었다. 다만 수미가 일단 마음을 결정한 일에 대해 얼마나 고집이 센지 알고 있었기에, 당분간은 말을 꺼내지 말아야겠다고 생각했을 뿐이었다. 회사 일도 바쁘고, 결혼 후 일 년 반이면 아직은 갖지 않아도 괜찮다고 생각했다. 조용하지만 완강한 수미의 태도에 맞부딪치는 것이 부담스럽기도 했다. 다행히 수미도 그 말을 다시 꺼내지는 않았다. 두 달 동안 우리는 아무 일 없는 듯이 그렇게 살았다.

두 달 후 수미는 죽었다.

그 유명한 H백화점 주차장 사건이었다. 어떤 개자식이 순전히 재미로 주차장의 자동제어전파 송출장치를 해킹하는 바람에, 백화점 주차장에 있던 차와 그 주변을 지나가던 차들이 전부 미쳐 날뛰었다. 27대의 차가 파손되고, 42명의 사람들이 중경상을 입었고, 다섯 명이 죽었다. 그중 한 명이 수미였고, 다른 한 명은 수미와 함께 쇼핑을 나간 어머니였다.

전 사회가 들끓었고, 범인에게는 감형 없는 종신형이 선고되었지만 나는 아무 감흥도 느끼지 못했다. 범인이 어떻게 되건 죽은 수미가, 죽은 어머니가 살아 돌아오지는 않았다. 장례식을 어떻게 치렀는지도 기억할 수 없다. 잠을 잤는지 깨어 있었는지, 누가 왔다 갔는지도 전혀 기억나지 않았다. 그 시절을 돌이켜보면 굳은 얼굴로 계속 옆에 서 있던 형, 오열하다 쓰러진 장모, 정신 차리라고 어깨를 잡아 흔들던 아버지 같은 단편적인 그림들만이 다른 사람의 사진첩에 끼워진 의미 없는 풍경 사진처럼 펄럭거린다. 그때는 그런 그림들이 내게 아무 감정도 전해주지 않았다. 아니, 슬픔을 느끼고 분노하고 상실감에 빠질 수 있는 나 같은 것이 아예 남아 있지 않았다. 내가 살던 전 세계가 무너졌고, 나도 무너졌고, 감정은 메마른 모래처럼 쪼개지고 바스라졌다. 장례가 끝난 다음 날부터 나는 회사에 나가지 않았다.

다시 말하지만, 슬픔에 빠져서 회사에 나가지 않았던 것이 아니다. 그저 돌이 된 것같이 움직일 수가 없었다. 전화가 오고, 초인종이 울리고, 누군가가 문을 두드리는 소리가 어렴풋이 들렸지만, 그것이 무슨 의미를 갖는지 느껴지지 않았다. 그것은 공이치기가 고장 난 총과도 비슷했다. 머리 한구석에서는 누군가가 열심히 '전화를 받아야지', '누가 왔어. 가서 문을 열어야지', '회사에 가야지' 하고 말한다. 정상적인 상태에서라면 그런 생각이 방아쇠가 되어 몸과 마음 사이에 있는 매개장치에 동력을 전달하고, 그 동력은 몸을 움직여 행동으로 이어져야 한다.

하지만 생각과 행동 사이를 잇는 부품 하나가 빠져버렸다. 그것이 무엇인지는 모르겠다. 그런 다음에는 외부 상황을 보고 듣던 머릿속의 누군가마저 떠나버렸다. 제일 처음에는 해가 뜨고 지는 것이, 그다음에는 먹고 마시는 것이, 마지막으로 잠이 사라졌다. 아마도 해는 뜨고 지고 나는 먹고 마시고 잤겠지만—그러지 않았다면 생물학적으로 살아 있을 수 없었겠지만—언제 어떻게 왜 무엇을 먹고 마시고 자고 무슨 꿈을 꾸고 생각을 했는지 안 했는지 무엇을 보고 듣고 느끼는지 이 모든 것은 내 생활에서 사라졌다. 우주는 위도 아래도 중심도 끝도 없이 적막했고 별들은 견고하지도 빛나지도 않는 회색의 잿더미였다. 그 안에서 나는 생명의 온기 없이 죽지도 살지도 못하고 누워 있었다. 지옥이라는 것이 있다면 아마 그런 곳이리라. 누군가와 누군가가 활기차게 고통을 주거나 받는 상태가 아니라 모든 것이, 모든 것이, 모든 것이 의미도 움직임도 없이 멈춰 있는 세계.

실제로는 이 주 정도였다고 한다. 사망신고 때문에 처가에서 아무리 전화를 해도 받지 않았고, 혹시 내가 수미와 어머니를 따라 목숨을 끊지는 않았나 겁이 난

장모님이 아버지에게 연락을 했고, 아버지는 우리 집의 해결사인 형에게 나를 찾아가보라고 명했다. 형이 관리소를 협박하다시피 해서 문을 열었을 때, 나는 비쩍 마른 해골 형상으로 침대 위에 누워 있었다. 형은 고목처럼 움직이지 않는 나를 흔들다가 119를 불러 의사에게 데리고 갔다. 의사는 내가 긴장성 혼미 상태에 빠졌다고 진단을 내리고 전기충격과 약물요법을 썼지만 나는 아무 차도를 보이지 않았다. 병원에서 장모님은 나를 붙들고 흔들며 철철 우셨다.

"왜 혼이 빠졌어, 윤 서방. 수미가 자네 넋까지 데리고 갈 정도로 모진 애가 아닌데, 왜 혼이 빠진 거야? 정신 좀 차려, 응?"

그러나 이런 일은 하나도 기억나지 않는다. 나를 현실로 불러내기 위해서 어떤 약이며 치료법이 동원되었는지, 그중 어떤 것이 효력을 발휘했는지도 알지 못한다. 내가 기억하는 한, 돌 속에 묻혀 있는 조개처럼 외부와 완전히 단절되어 있던 나를 의식으로 불러낸 것은 형의 한마디였다.

"너와 수미 아이를 만들어줄 테니 어리광은 그만해라."

그 순간 내가 몸을 꿈틀했다고 한다. 실제로도 그 말을 들었을 때의 느낌만은 생생하게 기억하고 있다. 어둠 속에서 걸음을 옮기다가 철봉에 부딪친 것 같았다. 나는 천천히 고개를 들어 형을 바라보았다고 생각했지만 사실은 눈동자만 간신히 움직였을 것이다. 그러나 형은 내 눈을 똑바로 들여다보며 고개를 끄덕였다.

"회사 연구원들은 입사할 때 보안이나 기타 이유로 유전자 패턴을 등록하도록 되어 있어. 물론 수미 것도 있지. 사망 후 절차를 아직 밟지 않았으니 자료는 다 남아 있을 거다. 체세포 패턴에서 생식세포를 만들어낸 전례는 없지만 응용할 수 있는 선행 연구들은 있어. 정밀 건강검진을 했다면 세포질 분석을 위해 미성숙 난자라도 채취해놓았을지도 몰라. 그럼 일이 훨씬 쉬워지지. 물론 본인이나 가족 동의가 필요하고 법적 절차도 복잡하지만……."

그날부터 나는 눈에 띌 정도로 빠르게 현실세계로 돌아오기 시작했다. 반면 형은 다음 날부터 병원에 나타나지 않았다. 마침내 내가 퇴원하던 날도 잠깐 전화를 걸었을 뿐이었다.

"계속하고 있고, 잘되어간다. 애랑 같이 생활할 수 있게 제대로 준비나 잘해놔라."

그래서 나는 준비를 했다. 매우 민망하지만 형이 요구한 정액 샘플을 보냈고, 형이 소개한 변호사를 만나 필요한 서류를 준비했고, 적극적으로 통원 치료를 했고, 새로 직장을 구하고 조금씩 가사를 익혀나갔다. 육아책도 사서 읽었다. 임신부의 몸의 변화나 수유법 같은 것을 읽을 때는 문득 눈물이 솟구쳐오르기도 했지만 그럴 때마다 형의 말을 생각하며 마음을 다잡았다. 수미와 나의 아이. 형은 냉정하고 과묵하고 곁을 주지 않는 사람이었지만 거짓말을 하거나 믿음을 깬 적은 없었다. 그리고 내게는 수미와 이어져 있다는 감각이 절실하게 필요했다. 삼도천을 넘어, 세월과 망각의 강을 넘어 수미와 나를 연결해줄 생명의 동아줄. 그 희망만으로도 나는 서서히 살아나고 있었다. 6개월이 가고 일 년이 흘렀지만 초조하지는 않았다. 언젠가 수미와 나의 분신을 팔에 안을 수 있으리라는 믿음은 내 생활 전부를 떠받치고 있었기 때문에 오히려 실금도 갈 수 없었다. 형이 실패할지도 모른다는 가능성은 아예 안중에 넣지도 않았다.

그리고 결국 그날이 왔다. 어느 날 저녁 전화벨이 울

리고, 형의 목소리가 들렸다.

"집에 있냐? 데리고 가도 되지?"

"어…… 응."

가슴이 벅차서 다른 말을 하지 못했던 것 같다. 한 시간쯤 후에 형이 나타나 잠든 아기를 안겨주고 육아용품이 잔뜩 든 가방을 마루에 내려놓았을 때에도 말이 나오지 않았다. 엉거주춤 아기를 안은 채 소파에 앉아 묻는 듯이 바라보자 형이 짧게 대답했다.

"생후 2개월. 여자애다. 건강하고, 2개월까지 맞는 예방접종은 다 맞혀 왔어. 육아수첩도 같이 가져왔으니까 보면 알 거다."

나는 긴 한숨을 내쉬었다. '예방접종'이라는 말을 듣자 비로소 꿈이 아니고 현실이라는 실감이 났다. 무슨 말을 하고 싶은데 자꾸 목울대로 뜨거운 것이 꿀꺽꿀꺽 넘어가기만 할 뿐, 아무 말도 나오지 않았다. 그런 내 모습을 보는 형의 얼굴에 웃음 비슷한 표정이 감돌았던 것 같기도 하다. 그러나 그것이 웃음인지 아닌지 알 틈도 주지 않은 채 형은 벌떡 일어섰다.

"가봐야겠어."

"벌써?"

나는 놀라서 형을 쳐다보았다. 최소한 그날만은 둘이 술 한잔하면서, 수미와 아기 이야기를 하면서 울고 웃을 수 있을 줄 알았다. 그러나 형은 고개를 저었다.

"차가 기다리고 있어. 얘를 너한테 데려다주고 오늘 밤에 출발하기로 했거든. 아마 한참 못 볼 거다. 아버지 잘 모셔라."

마지막 말에 심상치 않은 분위기가 감돌았다. 나는 주저하며 물었다.

"어디 멀리 가는 거야?"

형은 낯빛 하나 변하지 않고 대답했다.

"우주에. 얘를 발생시키면서 신약에 응용 가능한 기술이 많이 파생됐어. 그래서 보안상 이유도 있고 해서 회사에서 우주정거장에 실험실을 임대했어. 거기 가서 후속 연구까지 살펴줘야 해."

나는 그렇게 하나를 얻고 형을 떠나보냈다. 처음에는 이메일을 자주 보냈다. 세상 하나밖에 없는 귀한 존재라는 뜻으로 아기 이름을 '하나'라고 지었다고 알리고, 하나가 우유 먹는 모습부터 이유식을 먹고 걸음마를 하고 돌잔치를 하는 모습까지 다 찍어 보냈다. 형이 당부한 대로 일 년에 한 번씩 형의 회사 연구소 부속 클

리닉에서 하나가 받는 건강검진 결과도 보냈다. 그러나 형은 답장을 보내지 않았다. 하나가 어린이집에 들어갈 때쯤에는 나도 꼭 보내야 하는 편지 외에는 별로 보내지 않았다. 그리고 4년 전 아버지가 알츠하이머병에 걸렸다는 진단을 받았을 때 그 소식을 알리면서, 함께 의논했는데 아버지 당신 의사로 요양원에 들어가시기로 했다고 이메일을 보냈다. 그때도 형은 짧게 '알았다. 아버지께서도 그렇게 생각하시면 그쪽이 좋겠지.' 하고 답신을 보냈을 뿐이었다. 저 먼 별들 사이로 간 형은 썰물처럼 순식간에 우리의 생활에서 빠져나갔다.

그런데, 이제 와서, 하나를 데려가겠다고?

손순매아

형은 기다리고 있었다. 창밖으로 빠져나가는 담배 연기만 바라보고 있었지만, 내 옆얼굴을 바라보는 형의 눈길을 느낄 수 있었다. 그 눈길은 얄밉도록 침착했고, 나는 이미 한번 분통을 터뜨린 후였다. 화를 내고 소리를 지르거나 운전대를 내리치는 것으로는 형을 단념시킬 수 없었다. 목이 말라 꺽꺽거리는 소리가 났지만 나는 필사적으로 차분하게 말했다.

"내가 전문용어를 이해하지 못해서 미안한데 말이야. 그러니까 형 얘기는, 아버지 병을 고치기 위해서 하나를 형 연구실로 데려가서 모르모트로 쓰겠다는 거야? 내가 이해한 게 맞아?"

"나는 전혀 다르다고 생각하지만, 그렇게 말하고 싶으면 그렇게 하렴. 내 소견을 말하자면, 하나의 뇌조직을 지금 진행 중인 연구에 사용하면 알츠하이머병을 근본적으로 치료할 수 있는 신약을 개발할 가능성이 크다고 생각한다."

"그러니까 그게 그 말 아냐. 그게 말이 돼? 하나는 정말, 하나밖에 없는 소중한 내 딸이란 말이야. 세상 아무리 귀한 약이라고 해도 어떻게 내 딸하고 바꿔? 그런 짓은 못 해!"

나도 모르게 언성이 높아지고 호흡이 거칠어졌다. 그러나 형은 그런 나를 물끄러미 바라보더니 더 낮고 차가워진 목소리로 물었다.

"그럼 네 아버지는 두 분이시냐? 지금 알츠하이머병을 앓고 계신 아버지 말고 바꿀 수 있는 여분이 있어?"

"그건……."

숨을 쉴 수가 없었다. 형이 또 나를 한 대 먹인 것이다. 형은 내가 정신을 가다듬을 틈을 주지 않고 담담하게 말했다.

"하나를 처음 만들 때에 비해서도 우리 기술은 많이 발전했어. 하나가 연구에 참여한다고 해도 꼭 위험하다는 법은 없고, 만약의 경우 네가 원한다면 딸은 또 만들어줄 수 있어. 하지만 아버지야말로 한 분이시다."

"또 만든다니, 그런 말이 어디 있어? 하나는 공산품이 아니야. 그리고, 그렇게 또 만들 수 있다면 그쪽을 쓰면 되잖아? 왜 꼭 하나여야 해? 하나는 칠 년이나 나와 함께 산 내 딸이라고! 난 하나 기저귀를 갈아 채우고 옹알이하는 것을 보고 들으면서 하나를 키웠어."

"유전자 패턴 공유와 변이, 성장호르몬, 여성호르몬, 타우 단백질 대조, 이런저런 변수들을 고려하면 하나만큼 적절한 피실험자가 없어. 지금부터 수정란을 만들어서 뇌 발달이 안정되고 성장호르몬이 활발하게 분비될 수 있는 나이까지 키운다면 아버지는 이미 돌아가신 후야. 지금은 아직 일흔도 안 되셨어. 요즘 평균 수명을 고려하면 우리 곁에서 이십 년을 더 사실 수 있는 나이지. 병만 치료한다면. 지금부터 네가 딸을 얻어서 아버지가 돌아가실 때까지 키운다 해도 하나보다 더 오래 같이 살 수 있어."

열이 머리끝까지 뻗쳐 있었지만 형의 그 말에 감도는 불길한 느낌은 놓칠래야 놓칠 수가 없었다. 형이 아까 한 말의 뉘앙스와는 분명히 달랐다. 나는 '하나를 데려가겠다'는 말을 들은 후 처음으로 똑바로 형을 바라보았다. 형은 내 눈길을 피하지 않았다. 하지만 나를 마주 보지도 않았다.

"형, 솔직히 말해줘. 하나에게는 정말 별일 없는 거야? 형이 생각하는 건 뭐야? 아버지도 하나도 무사히 돌아올 수 있는 거야, 아니면 아버지가 낫는다 해도 하나는…… 위험한 거야?"

한참 침묵이 흘렀다. 형이 입을 열었을 때 그 목소리는 마치 무거운 바닷물 아래에서 속삭이는 것 같았다.

"삼국유사에 손순매아(遜順埋兒)라는 고사가 있다. 손순이라는 가난한 사람이 품을 팔아 홀어머니를 봉양하는데, 어린아이가 어머니 음식을 빼앗아 먹으니 손순이 아내에게 하는 말이 '아이는 다시 얻을 수 있지만 어머니는 다시 얻을 수 있는 분이 아니다. 아이가 저렇게 어머니 음식을 먹으니 어머니가 얼마나 배가 고프시겠나? 차라리 이 아이를 땅에 묻어서 어머니라도 잘 먹여

드리자.'고 하는 얘기인데……."

"그만해. 더 듣지 않겠어."

"경수야, 꼭 위험한 건 아니야. 다만……."

"결혼도 안 해보고 애도 안 낳아본 형이 가족에 대해서 뭘 안다고 그래? 형이 하는 얘기도 그래. 그냥 고릿적에 누가 지어냈는지도 모를 이야기일 뿐이야. 세상에, 요즘 세상에 누가……."

"내가 가족에 대해서 모른다고 생각하니?"

그 말에 깃든 낯선 울림이 내 입을 막았다. 그건 언제나 침착하고 냉정한 형의 목소리가 아니었다. 비웃음 같기도 하고 자괴 같기도 한, 그러면서도 경쾌한 기묘한 어조로 형이 계속 말했다.

"너는 내가 가족에 대해서 모르기 때문에 회사와 싸우고 협상을 해가며 네 아이를 만들어 반출했다고 생각하니? 그 대가로 칠 년 동안 우주에 묶여 있었었고? 네가 내 동생이 아니었다면 내가 그렇게 했을 것 같니? 너는 내가 지금 아버지를 사랑하기 때문에 이렇게 한다고 생각하니?"

"……."

"가족이란 그런 거다. 벗어버리고 싶어도 벗을 수 없

는 옷, 잠겨버리고 싶어도 나를 밀어내는 물. 부정하고 싶어도 결국 돌아오게 되는 뿌리. 그렇지만 뛰어나가지 않으면 안 되는 우리. 잘라버리고 싶은 사지. 내가 한 이야기가 고릿적 이야기라고? 그럴지도 모르지. 하지만 결국 현재보다 더 생생하게 돌아오는 건 오래된 것들이야. 내가 우주에 있으면서 제일 뼈저리게 알게 된 일이 그거다."

"형……."

"그래, 네 말이 옳다. 나는 네게서 하나를 빼앗을 힘도 없고 권리도 없지. 하지만 나는 내가 할 수 있는 일을 다 했어. 아버지가 알츠하이머병에 걸렸다는 말을 듣고 내가 하던 연구와 그 분야를 접목했고, 하나의 뇌조직이 있으면 아버지를 치료할 가능성이 비약적으로 높아진다는 결론을 내렸고, 네게 하나를 데리고 가게 해달라고 부탁하려고 왔다. 네가 어떤 쪽으로 결단을 내리든 나는 마음 편히 잘 수 있어.

이제 공은 네게 돌아간 거야. 네가 아버지를 고치기 위해 할 수 있는 단 하나의 일이 있어. 그리고 넌 그 결론에 이르기까지 아무런 노력도 하지 않았지. 내가 너라면 무서울 거다. 하나가 커가는 걸 보면서, 죽어가는 아버지를 떠올리면서, 과연 아버지와 하나를 바꾼 게 잘한 일인지, 어느 쪽이 바꿀 수 있는 쪽이고 어느 쪽이 바꿀 수 없는 쪽이었는지, 아버지가 돌아가시고 하나가 결혼해서 아이를 낳고 네가 눈을 감을 때까지 떠올릴 그 생각이."

침묵이 칼처럼 날카롭게 머리 위에서 흔들렸다. 침묵의 무게와 경도가, 그 예리함이 거의 몸으로 느껴졌다. 목이 뻣뻣해지고 입이 말라왔지만 손끝 하나 까딱할 수가 없었다. 그렇게 얼마나 오래 있었을까. 형이 내 어깨를 툭 쳤다.

"내가 할 말은 다 했다. 자동으로 놓고 가자. 너 지금 운전 못 할 것 같다."

서울까지 오는 나머지 세 시간 동안 우리는 아무 말도 하지 않았다. 그러나 톨게이트를 통과할 때, 나도 모르게 한마디가 나왔다.

"내일은 하나와 유원지에 가기로 했어."

도대체 내가 왜 그 말을 꺼냈는지 모르겠다. 그러나 형은 나를 한참 물끄러미 바라보다가, 다 안다는 듯이 고개를 끄덕였다.

"내일은 서울 지사에서 하는 컨퍼런스에 참석하고,

내일모레 오후에 출발할 거다. 연락 주렴."

하나를 위한 하루

집에 돌아왔을 때는 열 시밖에 안 되었지만 죽을 듯이 피곤했다. 진작 자고 있어야 할 하나가 분홍빛 잠옷을 입은 채 문간으로 뛰어나오는 것을 보고도 야단칠 힘이 없었다.

"아빠, 오셨어요?"

하나는 코트를 벗으라고 코트 자락을 잡아당기더니 서툰 손놀림으로 옷걸이에 걸었다. 그다음 내 팔을 끌어당겨 소파에 앉히고 얼굴에 뽀뽀를 했다. 늦게까지 안 자고 있다고 야단맞을까봐 그러는 속내가 훤히 보였다. 보통 때 같으면 슬그머니 웃고 말 일이건만 지금은 가슴이 아프고 울렁거렸다. 애써 심상한 목소리로 물었다.

"우리 이쁜 하나 왜 안 자고 있었어?"

말에 물기가 배어나오지 않게 억누르기가 힘들었다. 그러나 하나는 눈치채지 못했다. 어린아이들이란 그런 법이다. 자기한테 집중하고, 자신과 상관없는 일이면 신경 쓰지 않는다. 더구나 아빠도 울 수 있다는 것은 상상도 하지 못한다. 행복한 시절이다.

"큰아버지 오신다고 해서 기다렸어요."

정확한 높임말로 또박또박 말하는 것을 보니 몇 번 연습한 것이 틀림없다. 지금까지 한 번도 보지 못한 큰아버지가 무척 궁금했던 모양이다. 더구나 하나가 태어난 것이 큰아버지 덕분이라는 이야기를 외가에서도 듣고, 얼마나 많이 들었던가. 나는 하나를 꼭 끌어안고 머리를 쓰다듬었다. 도우미 아주머니가 목욕을 시켰는지 머리에서 샴푸 향이 났다.

"큰아버지는 호텔로 가셨어. 우리 집이…… 좁아서."

"나랑 같이 자면 되는데."

"하나는 착하니까 벌써 자고 있을 줄 알았지. 이렇게 깨어 있을 줄 알았나."

"잠이 안 왔어요."

하나는 잠시 눈을 내리깔다가, 화제를 바꿔야겠다 싶었는지 다시 생글생글 웃으며 나를 빤히 쳐다보았다.

"그럼 내일은 큰아버지도 놀이공원 같이 가요?"

"아니, 큰아버지는 서울에 놀러 오신 게 아니야. 일하러 오셨어. 하나는 내일 놀이공원 가면 뭘 제일 하고 싶어?"

화제를 돌려야 하는 건 내 쪽이었다. 하나의 입에서

형 이야기가 나오는 것을 더 듣다가는 참지 못하고 소리를 지르거나, 울어버리거나, 온갖 바보 같은 짓을 할 것 같았다. 다행히 하나는 아빠의 작은 속임수에 금방 넘어갔다.

"홀로사파리요! 보경이는 홀로사파리 가서 사자랑 요정이랑 놀았어요. 난 유니콘 탈 거야. 유니콘 타도 되죠?"

물론 홀로그램 유니콘은 탈 수 있는 동물이 아니다. 하지만 지금은 어떤 것도 하나에게 안 된다고 하고 싶지 않았다. 나는 고개를 끄덕이며 하나의 재잘거림에 귀를 기울였다. 그렇게 일이십 분 하나의 이야기를 들었을까, 하나의 눈에 잠이 내리덮이기 시작했다. 나는 하나의 손을 끌어 침대에 누이고 이불을 덮어준 다음 마루에 나와 위스키를 따랐다. 맑은 호박색 액체를 서너 잔 기울이자 머리에 취기가 올라오기 시작했다. 나도 옷을 갈아입어야 했다.

타월지로 된 파자마가 몸에 닿자 문득 어렸을 때의 기억 한 자락이 떠올랐다. 초등학교 1학년 여름방학, 온 가족이 강원도의 해수욕장에 놀러 갔을 때였다. 한 번도 바닷가에 와본 적 없는 어린 서울내기였던 나는 정신없이 파도를 타느라 정작 동해의 강한 태양에 어깨와 등이 타들어가는 줄도 몰랐다. 민박집에 돌아와 샤워를 하고 수박을 먹는데, 손이 닿지 않는 곳이 근질근질해서 모기가 문 줄 알고 모기약을 발라 달라고 티셔츠를 벗은 순간 어머니가 비명 섞인 고함을 질렀다.

"어머나, 이게 뭐야? 너 어쩌다 이렇게 됐어?"

등은 물집투성이였다. 어머니가 놀라서 서둘러 약국에서 화상연고를 사 와 발랐고, 다음 날은 아파서 옷도 못 입고 웃통을 벗은 채 낑낑거리며 하루 종일 민박집 안에 갇혀 있어야 했다. 그다음 날 돌아올 때도 옷을 입을 수가 없었다. 고속버스를 타야 하는데 곤란했다. 결국 아버지가 큰 타월에 내 몸을 감싸 안고 무릎 위에 앉힌 채 서울까지 데려왔다. 타월지가 몸에 닿는 감촉은 그때 온몸을 감싸던 쌉싸름한 아픔과 담배 냄새 섞인 아버지의 숨결까지 기억나게 했다.

정말로, 오래된 것들은 예기치 못한 때 되돌아온다.

"그리뿡!"

하나의 방에서 나는 커다란 소리에 깜짝 놀랐다. 방에 가 보니 이불이 바닥에 떨어져 있었다. 꿈속에서 홀로그리폰이라도 타고 날았던 것일까. 나는 이불을 도로 덮어주며 아직 미소를 짓고 있는 하나의 보드라운 뺨에 뽀뽀를 했다. 술기운 속에서도 아기 냄새가 애틋하게 코에 끼쳐 올라왔다.

내일은 온전히 하나를 위한 하루를 보내리라.

고통의 역사

아픔을 주는 사람, 아픔을 받는 사람, 아픔이 저절로 생겨나는 사람. 나는 어느 쪽일까. 내가 고를 수 있다면 어느 쪽에 들어갈까.

- 희연, 아홉 살 때 일기장에서

1. 짧은 사춘기

나는 사춘기가 언제 시작되었는지 알지 못한다. 하지만 사춘기가 끝난 시점은 정확히 기억하고 있다. 그것은 이십 년 전, 고등학교 2학년 1학기 중간고사 성적표를 받은 날이었다.

3년 전 좋은 성적으로 일류대학 영문과에 들어간 오빠, 연년생이고 내신 1등급의 우등생인 언니를 둔 고2짜리 막내딸은 시험 성적표가 나오는 날이면 도망갈 곳이 없었다. 성적표를 나눠주는 날이 같은 학교에 다니는 언니와 똑같으니 숨겨봤자 하루 이틀이고, 나는 다른 아이들처럼 성적표에 몰래 엄마 도장을 찍어 간다든지 하는 요령을 부릴 수도 없을 정도로 간이 작았다. 하지만 엄마를 속일 생각을 못 한 것은 꼭 내 간이 작아서만은 아니었다. 공교롭게도 오빠가 대학에 들어간 직후 아버지가 지방 지사에 발령을 받았기 때문에 엄마는 언니와 내게 더 엄격했다. 성적표를 내놓지 않는다든가, 도장을 위조한다든가 하다가 들켰을 때 어떤 벌과 모욕이 떨어질지는 상상할 수도 없었다.

"그 집에 아버지가 자리를 비워서 애들 성적이 떨어졌다는 소리를 들으면 엄마는 뭐가 되겠니?" 이것이 엄마의 입버릇이었다. "그 집에……."는 불특정 다수 이웃 아줌마들이 모여 수군거리는 말투를 흉내내는 낮은 톤으로 시작되었다가 "……뭐가 되겠니?"는 그 불특정 다수 이웃 아줌마들에게 '내 탓이 아니야!'라고 항변하는 듯 힘이 팍 들어가고 높아진 목소리로 끝났다. "그 집에…… 뭐가 되겠니?"는 성적뿐 아니라 너무나 범위가 넓어 뭐라 규정할 수 없는 이른바 '행실'과 귀가 시간에도 적용되었고, 이성 교제는 당연히 꿈도 꾸지 못했다. 나와 언니가 이성을 접할 수 있는 경로라고는 기껏해야 오빠 친구들이 가끔 집에 놀러 오는 정도였지만, 내가 고등학교 입학한 지 얼마 안 되어 오빠가 군대에 가면서부터 그럴 일도 없었다. 엄마의 눈치를 보며 거실에서 TV를 훔쳐볼 때와 FM 라디오 심야방송을 들을 때만 잠시 숨통이 트였다.

그날은 아침부터 불쾌한 날이었다. 학생들이 수십 명 앉아 있는 초여름 교실은 1교시부터 찜통이나 마찬가지였다. 3교시 생물시간에는 프린트 숙제를 안 풀어 왔다고 야단맞았다. 6교시 국어시간에는 국어 선생이 옆을 지나가다가 졸지 말라고 머리를 잡아당겼다. 그러더니 종례시간에는 성적표가 나왔다. 집으로 가는 길은 더욱 암울했다. 날씨는 여전히 덥고 흐렸고, 2학년 1학기 중간고사 성적은 최악이었다. 그래도 평소 90점에는 간당간당하게 매달려주던 국사와 세계사, 지리, 가사 같은 암기 과목들이 다 80점대로 내려앉았고, 80점대에 머물던 과목들 절반은 70점대로 미끄럼틀을 탔다. 반석차는 4월 모의고사보다 8등이나 떨어졌다. 야단을 맞는 것은 당연한 일이었지만, 미래에 일어날 사건의 확실성은 현재의 괴로움을 더하면 더했지 달래주지는 않았다. 나는 단두대에 목을 들이미는 심정으로 집에 들어와 엄마에게 불쑥 성적표를 내밀었다. 성적표를 받아 훑어보던 엄마의 눈썹이 서서히 뚜렷한 호를 그렸다.

"뭐니, 이게?"

"……중간고사 성적표."

"이 성적이 뭐냐고 묻고 있는 거잖아?"

"……잘못했어요."

"혜선이 너, 노력을 하나도 안 한 거 아냐? 수능도 중요하지만 내신이 중요한 거 모르니? 내신에 따라서 갈 수 있는 대학 급수가 다른 거 몰라? 2학년씩이나 돼서 정신 못 차렸어? 아직도 정신 못 차리면 어쩌려고 그래?"

구구절절 옳으신 말씀. 나는 할 말이 없어 고개를 숙였다. 하지만 뭐라 말할 수 없이 서러웠다. 하루 종일 온몸에서 진을 뺐던 더위와 문제를 풀지 못하고 쩔쩔맬 때 큰소리로 들은 야단, 잡아당겨진 머리뿌리의 아픔,

성적표를 보았을 때 하늘이 무너지던 기분, 이런 것들이 엄마의 모진 말에 꾹꾹 쟁여지며 한 켜 한 켜 가슴에 서러움으로 쌓이고 있었다.

"안 되겠다, 너 좀 맞아야겠다. 성적 떨어진 과목 수만큼만 종아리 좀 맞고, 정신 차려서 공부해!"

치마를 걷고 열세 대의 매를 다 맞았을 때 내가 왈칵 울음을 터뜨린 것은 다리에 휘감기는 플라스틱 자의 맵고 뜨거운 촉감 때문이 아니었다. 그렇게 하루 종일 쌓였던, 어쩌면 고등학교 입학 후부터 오빠 언니와 비교당하며 계속 쌓였던 서러움이 다리에서 번져오는 열기를 받자 눈물로 변해 터져 나온 것이었다. 마룻바닥에 질펀하게 주저앉아 눈물콧물로 숨이 막혀가며, 딸꾹질로 제대로 말도 못 잇고 으억으억대며 나는 물었다.

"엄마, 어, 엄마, 흑, 나, 난, 공부도 못하고, 왜, 왜 산대? 아니, 어, 엄마는 날, 왜, 흐윽, 왜 날, 낳았어? 오빠 언니만 낳고 나, 나 같은 거, 낳지, 흐억, 낳지 말지, 왜 낳았대?"

어쩌면 엄마는 성적이 떨어진 데다 매까지 맞은 막내딸을 달래줄 수도 있었을 것이다. 어쩌면 '쓸데없는 소리 말고 가서 씻고 공부나 해!' 하고 일축할 수도 있었을 것이다. 하지만 그날은 엄마에게도 더웠고, 무슨 일 때문인지는 몰라도 그날은 엄마에게도 짜증나는 날이었고, 형편없이 떨어진 성적표를 내민 주제에 무도하게도 '왜 낳았냐'고 항변까지 하는 딸에 대한 분통이 엄마의 가슴속에서도 커져가던 중이었다. 엄마는 누구에게랄 것 없이 악에 받친 목소리로 소리 질렀다.

"왜 낳았냐고? 널 왜 낳았냐고? 산다는 게, 어른이라는 게 후회할 수도 변명할 수도 없는 실수를 해가면서 사는 거라서 그렇다. 뭘 잘했다고 울어? 냉큼 들어가서 중간고사 시험지나 다시 보고 풀어!"

나는 훌쩍거리며 방으로 들어갔다. 그러나 침대에 머리를 묻고 한바탕 울어도 잦아들지 않는 울음은 다른 이유 때문이었다. 후회할 수도, 변명할 수도 없는 실수. 이성은 그 말이 엄마가 일순간 흥분해서 내뱉은 말이라는 것을 알고 있었다. 그러나 나의 감정에는, 화끈거리는 종아리와 그 위아래로 이어진 모든 체세포에는 그 말이 나의 존재 이유로 선명하게 새겨지고 있었다. 그것은 사무치게 진실로 여겨졌다. 엄마는 (그리고 아빠도) 나를 낳을 이유가 없었다. 나는 후회할 수도, 변명할 수도 없는 실수의 소산일 뿐이다. 그날 나의 사춘기는 막을 내렸다. 원래 사춘기란 자신의 존재 이유와 목적을 찾는 기간이니까.

그렇다고 그 뒤로 내 생활이 크게 바뀐 것은 없었다. 조금 더 내성적이 되고, 조금 더 공부를 열심히 하게 되고, 조금 더 말을 잘 듣게 되고, 전체적으로 어른들 보기에 철이 들었다 하는 쪽으로 한 걸음 더 나아간 것밖에. 주변 사람들은 처음에는 '무슨 일 있었니?', '왜 그리 힘이 빠졌어?' 하는 한두 마디를 던지다가 나중에는 그저 그러려니 하고 익숙해졌다. 하지만 내성적이고 말 잘 듣고 공부 열심히 하는 껍데기 속에서 나는 필사적으로 살기 위해 노력했다. 살아야 할 이유가 없는데 살기 위하여. 남들과 나 자신에게 살아도 된다고 인정받기 위하여.

나는 그렇게 고3을 지내고, 다행히 서울에 있는 중위권 대학에 들어가고, 대학을 졸업하고, 회사에 취직하고, 돈을 모으고, 인터넷에서 이런저런 동호회에 가입하고, 그중 한 동호회에서 만난 남자와 연애를 하고, 결혼했다. 한 과정을 거칠 때마다 힘들기도 하고 즐겁기도 했지만, 전체적으로 나를 지배한 것은 과정 하나를 끝낼 때마다 겪는 안도의 감정이었다. 괜찮아, 아직까지는 탈락하지 않았어. 아직까지는, 후회할 수도 변명할 수도 없는 실수를 저지르지는 않았어. 그러면서 언제부터인가 삶을 이렇게 조마조마하게 보내고 싶지 않다는 소망이 씨앗처럼 가슴속에서 움터오르고 있었다. 이렇게 우악스럽게 생활을 움켜잡고 걸근거리지 않아도 삶을 당연한 권리로 누리는 삶이, 어디엔가는 있지 않을까. 그 삶이 나의 것이 될 수는 없을까.

남편에게 끌린 이유도 사실 그것 때문이었다. 자기소개서 서두에서나 볼 만한 '밝고 화목한 가정'에서 태어나 자란 남편은 처음 만났을 때부터 삶이 자기편이라는 것에 대해 추호도 의심하지 않는 사람이 내면에서 내뿜는 밝고 따스한 빛을 뿌리고 있었다. 남편은 부모님을 존경하고, 형제를 사랑하고, 친구들을 스스럼없이 좋아하고, 낯선 사람에게는 당연히 예의와 호의를 기대했다. 나는 그때까지 그런 사람을 본 적이 없었다. 사귀기 시작하고 얼마 지나지 않아 그의 집에 가게 되었을 때 나는 그가 그렇게 자라날 수밖에 없었음을 알았다. 저녁식사를 하며 이야기를 나누는 가족, 말 한마디 눈짓 하나에 서로에 대한 애정이 넘치는 부모님과 친구 같은 형, 예의 바르고 귀여운 막내 여동생이라니. 서로 썩 실

례를 하거나 폐를 끼치거나 사이가 나쁘지는 않은 가족이지만 엄마의 신호에 따라 모여 뚱하니 밥그릇에 고개를 박고 먹거나 TV에 시선을 고정시키다가 뿔뿔이 흩어지는 우리 집의 저녁식사와는 천양지차였다. 내가 가족의 이상이라고 교육받아왔지만, 이상이기 때문에 손에 넣을 수 없다고 체념했던 가족의 완성체가 눈앞에 펼쳐지고 있었다. 나는 그때 속으로 다짐했다. 이 사람과 결혼할 거라고. 이 아름다운 가족을 내 가족으로 만들고야 말 거라고. 그리고 나도 이 가족에 흡수되리라고.

사귄 지 일 년이 다 되어가던 때, 누구도 입 밖에 내어 말한 적은 없지만 둘의 나이도 있고 하니 결혼하게 되리라는 것이 주변 사람들에게 당연하게 여겨지던 때, 그런 때의 어느 주말 데이트날 함께 코믹 멜로 영화를 보고 나오던 남편이 문득 생각난 듯이 쑥스럽게 물었다.

"저기…… 혜선아, 그런데, 너 장래희망이 뭐야?"

어엿한 사회인으로 다 자란 여자에게 장래희망을 물으면서 남편은 어떤 대답을 원했을까? 영원히 알 수 없는 일이다. 순간 내가 망설이지 않고 대답했기 때문이다.

"결혼해서 애 낳고 현모. 여력이 남으면 양처."

대답하면서 나는 그 대답이 놀라울 정도로 진심이라

는 것을 깨달았다. 나는 후회할 수도 변명할 수도 없는 실수가 아닌, 소중하고 소중한 인연이자 내 삶의 모든 부분을 정당하게 만들어줄 수 있는 아이를 갖고 싶었다. 아이가 자라 태어나길 잘했고 자기 삶은 행복하다고 느끼게 해주고 싶었다. 그런 아이를 보면서, 살아가길 잘했고 내 삶은 실수가 아니었다고 느끼고 싶었다. 남편이 내뿜는 따스함을 아이에게도 품게 해주고 싶었다. 그리고 그 둘의 온기 속에서 나도 행복하고 싶었다.

그리고 그렇게 되었다. 얼마 안 가 그는 내게 프로포즈를 했고, 우리는 서른 직전 결혼했고, 나는 회사에 다니다가 아이를 낳았다. 때로는 신기해하면서, 때로는 힘들어하면서 보낸 열 달 후 아이가 자궁에서 빠져나가는 순간 나는 내가 우주를 낳고 있다고 느꼈다. 남편과 내가, 아이가, 우리 가족이 함께 살 우주. 나의 우주는 예쁜 딸아이였다. 나는 그 우주를, 또 하나의 삶을 소중하게 가슴에 안았다.

산후조리 후 하루하루 사람 태가 나는 아기를 안고 집에 돌아온 지 얼마 안 되어서, 자상하신 데다가 미신적인 데도 있는 시어머니는 작명소에서 골라온 여러 개의 이름을 내 앞에 늘어놓았다. 어느 소문난 집에 가서 받아 오셨는지, 꼬깃꼬깃하게 접은 종이에는 몇 개의 이름과 그 이름이 갖는 운수가 휘적휘적 빗길을 걸어가는 듯한 볼펜 글씨로 간단간단히 쓰여 있었다. 나는 얼굴에 미소를 띠었지만 별 기대를 갖지 않고 눈으로 훑훑 종이를 훑어갔다. 그런데 그중에 눈에 번쩍 뜨이는 이름이 있었다. 희연(喜緣). 내가 바라고 바라던 기쁜 인연.

2. 해결할 수 없는 문제가 생길 때 가족은 어떻게 대처하는가

먹고, 자고, 울고, 똥과 오줌을 싼다. 그러다가 목을 가누고, 몸을 뒤집고, 배밀이와 옹알이를 하고, 기고, 앉고, 어느새 보면 서고 걷고 말을 하고 더듬거리며 노래를 부른다. 어느 생명의 성장이 경이롭지 않으랴마는 희연이가 자라나는 모습은 하루하루 놀랍고 아름다웠다. 회사에 다니는 엄마라 희연이와 함께 보내는 시간이 짧았기 때문에 더 놀랍고 사랑스러웠는지도 모른다. 엄마는 희연이보다 6개월 먼저 태어난 오빠 아들을 돌봐야 하기 때문에 아이를 봐줄 수 없어 어쩌냐고 걱정했지만 그 걱정은 기우였다. 시가 쪽의 협조는 더 바랄 수 없을 정도였다. 시어머니는 내가 바랐던 것보다 훨씬 더 희연이를 잘 돌봐주셨고, 어느새 친구처럼 친해진 손아래 시누이도 고모 노릇을 제법 톡톡히 해주었다. 나도, 엄마에게는 미안한 말이지만, 아직까지는 아들만 중한 줄 아는 엄마가 두 애를 맡아 키우면서 희연이를 은근히 치이게 하는 것보다는 희연이가 박씨 집안 맏손녀로 대접받는 모습이 훨씬 좋았다. 일요일 오전에 시댁에 가서 시어머니가 차려주시는 점심을 먹고 할아버지 할머니에게 재롱 부리는 희연이를 보고 있자면 행복의 온기 속에 온몸이 녹아드는 것 같은 기분이 들었다. 내가 바랐던 세계가 여기 있었으니까.

그다음에도 모든 것이 평온하고 순조로웠다. 우리는 22개월이 넘어갈 때부터 희연이를 집 근처 놀이방에 보냈다. 시어머니는 더 봐주실 수 있다고 했지만 그럴 형편이 아니었다. 드디어 시아주버니가 반 년 전부터 사귀던 여자친구와 결혼하겠다고 발표했기 때문이었다. 내게 큰동서가 될, 나보다 두 살 많은 시아주버니의 여자친구는 성품이 서글서글하고 붙임성이 좋았다. 시어머니는 "요즘 애들 결혼에 뭐 내가 할 일이 있냐. 자기네가 다 알아서 하는 거지." 하고 웃으셨지만, 우리가 결혼할 때 집부터 시작해서 신혼여행 예약까지 다 신경 써주셨던 것을 생각하면 우리 편한 대로만 할 일이 아니었다. 다행히 희연이도 어린이집에 잘 적응해주었고 매일같이 새로운 노래며 재롱을 배워와 선보였다.

그날은 늘 그렇듯이 희연이를 데리고 시댁에 간 일요일이었다. 4월 초순이라 천지에 꽃빛이 밝았고, 희연이는 아파트 길옆에 심어진 꽃나무를 볼 때마다 "엄마, 꽃이다 꽃. 이거 뭐예요? 으응, 벚꽃? 으응, 목련?" 하고 물어댔다. 시댁은 결코 좁지 않은 60평대 아파트였지만 시아버지 시어머니, 신혼인 시아주버니 내외와 우리 가족, 시누이까지 모이자 꽉 차 보였다. 이제 시아주버니 내외가 아이를 낳고 시누이가 결혼할 사람을 데려오면, 그리고 우리가 둘째를 가지면 이 넓은 거실도 복닥복닥한 느낌이 들리라. 그 광경을 생각하니 어쩐지 내 가슴이 다 든든해졌다.

점심을 먹고 나서 시어머니가 차와 과일을 내가시고 내가 설거지를 하고 있던 차였다. 갑자기 물소리를 뚫고 마루에서 희연이의 자지러지는 비명과 시어른들의 당황한 목소리가 들렸다. 가슴이 덜컹 내려앉은 나는 그만 비누거품이 뚝뚝 떨어지는 접시를 든 채로 마루로 튀어나갔다.

"무슨 일이에요? 희연이는?"

"도대체 뭐 때문인지 모르겠다. 텔레비전을 보다 놀랐는지, 애가 갑자기 경기를 하는데……."

시어머니 역시 놀라서 하얗게 질린 얼굴로 말씀하셨다. 그러나 바닥을 구르고 있는 희연이의 모습은 경기 정도가 아니었다. 아이는 몸을 마구 뒤틀며 입에 흰 거품을 물고 경련하고 있었다. 실제로 한 번도 본 적은 없지만 머릿속에 가장 먼저 떠오른 것은 간질 발작이었다. 나는 정신없이 접시를 내려놓고 희연이를 부둥켜안다가 그만 아이의 서슬에 밀려 함께 마룻바닥을 구르고 말았다. 이제 두 돌을 넘긴 지 얼마 안 되는 어린아이의 힘이 그렇게 센 줄은 몰랐다. 남편이 부른 119 구급차에 타고 희연이를 힘껏 안은 채 가까운 병원 응급실로 향하는 내 가슴은 미친 듯이 두방망이질 치고 있었다.

다행히 아이는 제풀에 탈진해 늘어진 것을 빼고는 거짓말같이 아무 이상도 없었다. 혹시나 싶어 며칠 후 따로 병원을 예약해 뇌 검사까지 포함해 정밀 검사를 받았지만 그때도 마찬가지였다. 시어머니 말씀대로 경기인가 하고 한의원에 가서 진맥을 하고 약을 한 재 지어 받기도 했지만, 아이가 조그만 얼굴을 찡그려가며 약을 다 먹을 때까지 아무 일도 없었다. 우리는 가슴을 쓸어 내렸다.

그러나 그것은 끝이 아니었다. 그해 가을 어느 금요일 저녁 무렵, 한 통의 전화가 왔다.

"희연이 어머니시죠? 예, 푸른어린이집인데요. 희연이 때문에 전화 드렸거든요. 잠시 통화하실 시간 있으신가요?"

무슨 일인지도 모르면서 가슴이 철렁 내려앉았다. 그런 심정을 아는지 모르는지, 앳되고 가녀린 목소리의 보육 선생은 혹시 희연이가 요즘 크게 다치거나 놀란 일이 있는지 물었다.

"특별히 그런 일은 없는데요. 애한테 무슨 일이 있나요?"

"아뇨, 별일은 없는데요. 다른 유아들이 울 때가 있잖아요. 아무래도 아이들이라 서로 밀치고 넘어질 때도 있고, 처음 어린이집에 온 아이들은 아무 일 없어도 울기도 하거든요. 그런데 그때마다 희연이가 같이 울어요."

"같이 운다고요? 그게 뭐…… 잘못된 건가요?"

내 목소리가 심상치 않게 들렸는지 선생은 나를 안심

시키려고 애썼다.

“걱정하실 일은 아니에요. 원래 희연이 나이 또래 아이들은 아직 남과 자기가 잘 구분되지 않거든요. 그래서 이 애가 넘어졌는데 저 애가 울고 하는 일도 꽤 있어요. 하지만 희연이는 그게 좀 유난해서요. 그래서 혹시 요즘 집에서 크게 다칠 뻔하거나 놀란 일이 있는지 여쭤보려고 전화 드린 거였어요. 그런 일이 있으면 저희가 알아두면 좋잖아요.”

그 일도 그렇게 끝났다. 아이가 어린이집에서 유난히 운다 한들 직장 가진 부모가 그때마다 달려갈 수도 없는 일이고, 어린이집 선생의 말대로 그 나이 또래 아이들이 겪는 성장과정이기만을 바랄 뿐이었다.

그러나 그런 일이 점차 잦아졌다. 희연이는 점점 더 자주, 점점 더 여러 곳에서 아프다고 울어댔고, 심할 경우에는 처음처럼 발작을 일으키고 까무러치기까지 했지만 병원에서는 원인을 밝혀내지 못하고 기껏해야 진통제나 처방할 따름이었다. 더구나 병원에 가거나 많은 사람이 모여 있는 곳에 갈 때면 희연이는 자주 고통을 호소하며 울었다. 나중에는 어린이집에도 아이를 보내기 어려울 지경이었다. 아이를 데리고 여기저기 병원으로 걸음하시느라 몇 개월 새 눈에 띄게 살이 내린 시어머니에게 죄송한 마음은 이루 말할 수도 없었다. 병원뿐이 아니었다. 용하다는 점집이며 굿 하는 곳, 소원이 이루어진다는 전국 방방곡곡의 이름난 사찰까지 희연이를 낫게 해줄 희망이 있는 곳이라면 시어머니가 안 가시는 곳이 없었고, 그 모습을 볼 때마다 시어머니까지 아프시면 그 사태를 어떻게 감당하나 하는 생각, 사실은 저것이 내가 져야 할 짐인데 하는 생각이 가슴을 아리게 베어댔다.

결국 나는 희연이가 아프기 시작한 지 일 년을 넘기지 못하고 회사를 그만두고야 말았다. 남편도 시어머니도, 친정에서도 네가 그럴 필요 있겠느냐고 만류했지만 어쩔 수 없었다. 아이의 아픔을 덜어주는 엄마가 되지 못한다면 아플 때 같이 있어 주는 엄마라도 되고 싶었다.

동우 오빠를 만난 것은 직장을 그만두고 한 달쯤 지났을 때였다. 각오는 했지만 언제 어디서 아플지 모르는 아이에게 신경을 곤두세우고 사는 것은 초조하기 그지없는 일이었다. 그럴 즈음 어느 토요일 오후, 친정 오빠가 동우 오빠를 데리고 우리 집에 불쑥 찾아왔다. 처음에는 동우 오빠가 누군지 몰라 찻잔을 내고 어색하게 자리에 앉았더니 오빠가 한마디 슬쩍 찔러주었다.

"너 기억 못 하니? 한동우, 왜 우리 집에 자주 왔잖니. 너하고는 꽤 자주 놀아줬는데."

"아……."

기억은 쉽게 되살아났다. 집에 놀러 오던 오빠의 고등학교 친구들 중에서 한참 손아래인 언니와 내게 유달리 말 한마디라도 친절하게 붙여주던 얼굴 가무잡잡하고 인상 좋던 오빠. 반갑기는 했으나 오빠가 왜 동우 오빠를 데리고 여동생 부부의 집에 왔는지 알 수가 없었던 나는 재차 서먹서먹한 인사만 나누었다. 보기가 답답했던 듯 오빠가 다시 끼어들었다.

"동우 얘가 어려서부터 애들을 그렇게 이뻐하더니, 소아과 전문의가 되었단다. 희연이 얘기를 했더니 자기 일인 것처럼 안타까워하더라고. 혹시 자기가 한번 봐도 되겠냐고 해서 데리고 왔지."

"이거 참, 형님이 그렇게 신경을 써주셔서 고맙습니다."

남편은 서그럽게 받아들이며 고마워하는 기색이었지만 내 심사는 그리 곱지만은 않았다. 남편도 있는데 미리 연락이라도 하고 올 것이지 하고 오빠의 무신경을 탓하는 마음도 있었고, 대학병원이니 뭐니 온갖 곳을 다 돌아다녀도 밝혀내지 못한 병을 이제 와서 한번 본다고 무슨 수가 있으랴 싶기도 했다. 내 불편한 기색을 느꼈는지 이제까지 별말이 없던 동우 오빠가 차분한 목소리로 입을 열었다.

"사실 이름난 병원은 이미 다 가보셨을 테고, 제가 본다고 별 뾰족한 수가 있다는 건 아닙니다. 다만 어린아이들은 병세가 발전하고 어떤 병인지 밝혀지는 데 몇 년씩 걸리는 경우도 있기 때문에 증후를 꾸준히 관찰하고 기록을 축적해가야 하는데, 제가 그 일에 도움을 드릴 수 있을지도 모른다는 얘기지요. 외국 소설에 보면 아이가 성년이 될 때까지 돌봐주고 치료하는 주치의가 있잖습니까. 그런 역할이라고 생각해주시면 될 것 같습니다."

부담스럽게 친분을 내세우지 않는 직업적인 태도, 자연스럽게 격을 둔 차분한 말투에 굳어있던 내 마음이 조금 느슨해졌다.

"그러면 희연이가 아플 때마다 오셔서 진찰해주실 건가요?"

억지라는 것을 알면서도 어리광을 부리듯 묻자 동우

오빠가 하하 웃었다.

"그것까지는 무리고요. 아직 원인이나 발병 요인이 확실하지 않으니 그럴 때마다 제가 온다고 해도 큰 도움은 못 될 겁니다. 일단 제 입장에서는 희연이와 낯을 익히고 친해지는 게 우선이고요. 희연이가 병원에 가기 싫어한다고 하니 제가 집에 와서 진찰을 하고 약을 주고 하면 마음을 안정시키는 데는 좀 도움이 되겠지요. 저보다는 어머님의 역할이 중요할 텐데, 아직 원인을 모르는 병이고 아이가 자기 증세를 정확히 말할 수 없는 나이니만큼 희연이가 아플 때마다 어머님이 기록을 남겨주셔야 합니다. 무슨 요인에 반응하는지 모르니까 주변 환경은 어땠는지, 아이는 어디가 아프다고 호소하는지, 고통을 호소하는 기간이 얼마나 되는지, 어떤 환경 변화가 생기면 고통이 줄어드는지, 이런 걸 모두 상세하게 기록해주셔야 합니다."

그때부터 나는 미친 듯이 기록하기 시작했다. 내가 할 수 있는 일은 희연이와 될 수 있는 대로 떨어지지 않고 같이 있어 주는 것, 그리고 기록밖에 없었다. 하지만 두꺼운 대학 노트가 두 권 세 권 쌓여가도록 희연이의 병은 이름도 원인도 알 수 없었다. 사람이 많은 곳에서 증세를 나타내는 빈도가 높다는 것 외에는 희연이의 병은 아무런 일관성도 없는 것 같았다.

뜻밖에도 이 수수께끼는 희연이 자신이 풀어주었다. 희연이가 만으로 다섯 살이 되었을 무렵이었다. 어느 날 집에서 어린이 TV를 보던 희연이가 불쑥 말했다.

"엄마, 나 유치원 가면 안 돼요? 505호 수진이는 영어유치원 간다던데. 나는 여름에 수영도 못 배웠잖아요."

"수진이는 안 아프고 건강하잖니. 희연이는 사람 많은 곳에 가면 잘 아프니까 유치원에 못 가는 거야. 빨리 나아서 건강해져야지."

"네에……."

풀이 죽어 다시 TV 앞으로 다가앉는 아이를 보며 나도 모르게 한숨을 내쉬었다.

"하다못해 왜 아픈지만 알아도 훨씬 나을 텐데……."

내 혼잣말에 아이는 귀가 번쩍 뜨인 표정으로 고개를 돌렸다.

"엄마, 나 왜 아픈지 아는데, 그럼 아픈 거 고칠 수 있어요? 그럼 유치원 가도 돼요?"

나는 놀라서 두근거리는 가슴을 다잡았다. 병에 관련해서 엄마가 놀라거나 당황하거나 호들갑을 떠는 모습을 아이에게 보이면 안 됩니다, 동우 오빠에게 귀에 못이 박히도록 들은 말이었다. 엄마가 놀라고 불안한 모습을 보이면 아이는 그 몇 배로 영향을 받습니다. 아이가 무슨 말을 하든지, 무슨 반응을 보이든지 엄마는 늘 침착한 모습을 보여주세요. 그러나 혀 아래 침이 마르고 목소리가 떨리는 것은 어쩔 수 없었다.

"그래? 희연이 왜 아픈데? 왜 아픈지 엄마한테 얘기해주면 고칠 수 있지. 희연이 아플 때 와주시는 한동우 선생님한테 엄마가 얘기하면 선생님이 꼭 고쳐주실 거야."

나는 바로 동우 오빠를 집으로 불러 아이가 해준 이야기를 전했다.

"그런 일이 가능할까요? 희연이 때문에 병원도 많이 다니고 인터넷도 많이 뒤졌지만, 그런 병이 있다는 얘기는 듣도 보도 못 했어요. 그게 무슨 병일까요?"

"희연이의 말을 다시 한번 되짚어보지요. 희연이 말로는, 아픈 사람 옆에 있으면 자기도 아프다는 거지요? 그 아픈 사람과 똑같이?"

"예. 병원에 가면 주사를 맞는 아이가 많아서 싫대요. 다른 아이가 주사를 맞으면 자기도 똑같이 아프고, 다른 아이가 열이 나면 자기도 열이 날 때의 기분이 든다는 거예요. 팔이 부러진 아이가 있으면 자기 팔이 아프고."

"하지만 실제로 자기가 주사를 맞거나 팔이 부러진 건 아니죠."

"그럼요."

"그럼 한 일 년 넘게 계속 기록을 하셨으니까, 한번 떠올리면서 생각을 해보세요. 희연이 말이 맞는 것 같은가요? 주로 아픈 사람 옆에 있을 때 희연이가 아팠나요?"

"그랬던 것 같아요. 병원 같은 데 가면 어김없이 아프다고 했고, 저번에는 무릎 관절 수술을 한 지 얼마 안 되는 아래층 아주머니랑 같이 엘리베이터를 탔는데 무릎이 아프다고 그러는 바람에 민망했던 적도 있고……."

"초기엔 어땠습니까? 초기부터 그랬나요?"

"그래요…… 어린이집에서 전화 왔던 적이 있어요. 다른 아이들이 넘어지거나 울 때마다 희연이가 같이 운다고. 나중에 어린이집에 못 보내게 된 것도 그것 때문이었고요."

"제일 처음 아팠던 때는 기억하시나요? 그때도 아픈

사람이 주변에 있었습니까?"

"그때는 없었어요. 하지만…… 잠시만요. 짚이는 데가 있어요. 전화 좀 걸어볼게요. 어머니? 예, 저 희연어미예요. 희연이가 처음 아팠을 때 있죠? 그때 어머니 차 내가시고 거실에서 다같이 티비 보시고…… 그때 혹시 텔레비전에서 무슨 프로그램 보고 있었는지 기억나세요? 의사 선생님이 물어보셔서…… 아, 네…… 네, 알겠어요. 다시 전화 드릴게요."

"무슨 프로그램이라십니까?"

"그게…… 전쟁 뉴스였대요. 레바논인가 소말리아인가 어디의 내전……."

현대 의학에서 통증은 병이 아니다. 신체의 손상을 알리는 감각일 뿐이다. 따라서 의사는 통증 그 자체를 치료하는 것이 아니라 통증을 일으키는 환부를 치료하면서 필요한 경우 진통제로 통증을 감소시킨다. 그러나 통증 그 자체가 병인 경우에는? 원인 없는 결과, 뿌리 없는 가지처럼 환부 없는 통증이 몸에서 피어날 때에는? 희연이의 경우에는 더 나쁘다. 심장을 몸 밖에 두었다는 옛날 동화 속의 마법사처럼 희연이의 환부는 몸 바

곁에 있으니까. 희연이와 마주치는 모든 사람에게 아프면 안 된다고 부탁을 하고 다닐 수도 없는 일이고, 아프지 않은 사람들하고만 만나고 다닐 수도 없는 일이다.

희연이가 바란 것처럼 병의 원인을 알게 되어 병에서 자유로워지기는커녕 희연이와 나는 병에 꽁꽁 얽매이게 되었다. 곧 학교에 다닐 나이가 되건만 희연이는 학교에 갈 수 없었다. 만약 같은 반에 아픈 아이가 하나라도 있으면 희연이는 그 아이의 아픔을 고스란히 함께 느낄 것이다. 폭력을 당하는 아이가 있다면 아무 잘못이 없어도 똑같은 폭력에 당하는 꼴이 될 것이다. 또 만약 선생님이 아프기라도 한다면, 어른에게는 별것 아닌 아픔도 어린아이의 예민한 통각은 두 배 세 배로 느낄 것이다. 아니면 희연이가 아픈 아이를 놀리는 것으로 여겨져 따돌림을 당할지도 모른다. 희연이가 학교에 다니며 그런 고통의 가능성에 고스란히 노출된다는 것, 그것은 희연이 이전에 내가 견딜 수 없었다.

그때를 돌이켜보면, 우리는 모두 출구가 보이지 않는 터널 속에서 앞으로 나아가기 위해 싸우고 있었던 것 같다. 무릎까지 차오르는 진창 속에서 각자 서로 다른 방향을 바라보며 나아가는 조난자들처럼 우리는 서로를 위해 노력한다고 생각했지만 결국 자기 자신이 쓰러지지 않기 위해 악전고투를 하고 있을 뿐이었다. 언제 닥쳐올지 알 수 없는 고통에 대한 공포 속에서, 누구와도 마음 놓고 만날 수 없고 누구에게 속 시원히 속사정을 털어놓을 수도 없는 위태로운 비밀 속에서 하루하루를 보내면서 희연이는 점차 말수가 적은 아이로 커갔다.

나는 미지의 위협과 고통에서 아이를 보호해야 한다는 강박관념과 초조함에 휩싸여 있었지만 정작 어떻게도 희연이를 도울 수 없었다. 내가 한 일이라곤 고작해야 아이가 아프지 않도록 내 몸을 건강하게 건사하는 것, 아이의 병이 나을 언젠가를 위해 교과서를 붙잡고 초등학교 과정을 학습시키는 것뿐이었다. 동우 오빠는 열심히 관련 학회지를 뒤지고 최신 논문을 연구하며 밤을 지새웠으나 전 세계에 하나뿐인 환자를 도울 치료법은 찾을 수 없었다. 남편은…… 솔직히 그때 남편은 내 시야에 존재하지 않았다. 차안대를 쓰고 달리는 경주마처럼 나는 희연이의 병만을 바라보고 있었다. 그렇게 밝은 사람이던 남편이 몇 년 새 점점 말수가 적어졌고, 아침 일찍 출근하고 저녁 늦게까지 들어오지 않는 날이 많아졌지만 나는 그것조차 눈치채지 못하고 있었다.

"언니, 둘째를 가질 생각은 없어요?"

어느 비 오는 날 시누이가 찾아와 식탁에서 커피를 마시며 뜬금없는 이야기를 할 때까지는 그랬다. 희연이는 그때 자기 방에서 자습을 하고 있었다. 처음 그 이야기를 들었을 때 나는 그냥 하는 이야기인가보다 하고 대수롭지 않게 받아넘기려 했다.

"둘째? 지금 희연이가 아픈 것만으로도 정신이 없는데 둘째는 무슨……."

"그래요. 희연이가 아프고 언니가 정신없는 건 알겠지만 희연이 병이 하루 이틀에 나을 것도 아니고, 다른 식구들은 어떡해? 언니 요즘 오빠 안색을 제대로 본 적 있어요? 저번에 집에 왔을 때 오빠 얼굴 안 좋은 거 보고 난 깜짝 놀랐어."

그제야 나는 바쁜 워킹맘인 시누이가 왜 평일날 일부러 휴가를 받고 시간을 내어 우리 집에 왔는지 알 수 있었다. 그러니까 시누이는 나를 설득하기 위한 시댁의 특사로 온 셈이었다. 내가 아무 말도 하지 못하자 시누이는 조금 더 애틋한 목소리로 간곡하게 말했다.

"언니, 나도 이제 결혼해서 애 키우는 사람인데, 언니 마음도 알고 나도 희연이 볼 때마다 마음이 아파요. 하지만 언니가 희연이 병에 매달리느라 가족이 풍비박산이 나면 되겠수? 희연이가 벌써 여덟 살이니 우리 클 때 같으면 동생이 둘이 있어도 이상하지 않은 나이예요. 희연이도 자라면 든든한 동생이 하나 있는 게 더 힘이 되고 위안이 될 일이잖아요."

그날 무슨 말로 어떻게 수습을 해서 시누이를 보냈는지는 기억나지 않는다. 시누이가 가자마자 나는 약장 서랍에서 타이레놀 두 알을 꺼내 꿀꺽 넘겼다. 머리가 아파서는 안 된다. 내 머리가 아프면 희연이 머리가 아프다. 식탁에 앉아 벌벌 떨리는 손을 움켜쥐고 나는 필사적으로 마음을 진정시키려고 애썼다.

꼬이고 뭉친 실타래처럼 이런저런 생각이 머릿속에 꽉꽉 들어찼다. 시누이 혼자 오빠 생각을 하고 왔건 내가 강요로 생각하고 부담을 느낄까봐 시부모님이 시누이를 보내셨건 간에 시누이와 시부모님의 선의는 어떻게 보아도 의심할 수 없는 것이었고, 희연이 생각에만 빠져 남편을 너무 돌보지 않았다는 죄책감도 새삼 느껴졌다. 내가 괴로운 것은 시부모님이나 시누이가 원망스러웠기 때문이 아니다. 나는 희연이를 감싸며 필사적으로 싸우고 있다고 생각했는데, 가족들은 당연히 나와 희연이의 괴로운 싸움을 인정해줄 거라고 생각했는데, 가족이라고 해도 남편이나 시부모님은 내 마음 같지 않다는 것에 충격을 받은 것이었다. 친정에서도 말을 먼저 꺼내지 않았을 뿐이지 같은 생각을 하고 있을지도 모른다. 오히려 그런 생각을 한 번도 떠올린 적이 없는 내가 이상한 것이리라.

결국 가족도 하나의 유기체 같은 것일지도 모른다. 아픈 부분이 생기면 처음에는 그 부분을 감싸고 돌보아 낫게 하려고 한다. 하지만 환부에 나을 기색이 없으면 그 부분을 도려내는 한이 있더라도 생명체 전체의 유지와 보존을 우선으로 둔다.

앞이 보이지 않는 갈림길에 선 기분이었다. 또 하나의 아이를 낳아 '정상적인' 가정으로 한 걸음 더 다가가야 할까? 아니면 희연이와 함께 나 자신도 가족의 환부가 될 것인가? 아이를 낳는다면 어떡하지? 아직 생리를 시작할 날도 먼 여덟 살의 희연이가 임신 중에 느끼는 여자의 고통을 함께 짐 진다는 것이 가당키나 할까? 그렇다고 열 달 동안 희연이를 아무 사정 모르는 남의 손에 맡긴다는 것은 또 어떻고? 정말로 기쁜 인연이 되고 복 받은 인연이 되게 하자고 다짐한 나의 딸인데, 나을 가망이 없는 병에 걸렸다고 다른 아이로…… 대체하듯이…… 다른 아이를 생각할 수 있는 것일까? 하지만 지금 이것은, 그야말로, 아이에 대한 집착이 아닐까? 동생이 생긴다고 맏이에 대한 어미의 사랑이 줄어드는 것은 아니지 않은가? 그렇지만 정말 그런 것일까? 둘째를 가질까 하는 마음속에는 희연이의 병을 움직일 수 없는 사실로 받아들이고 새로 태어나는…… 병 없는…… 생명을 통해 평범하게 아이 키우는 즐거움을 맛보자는 생각은 조금도 없는 것일까? 둘째가 생겨도 희연이에게 쏟는 관심이 덜해지지 않는다고, 나는 나 자신을 믿을 수 있을까? 어떤 길을 가든 후회하지 않을 수 있을까?

결국 그날 오후 나는 희연이와 함께 집에 있지 못하고 아파트 상가 찜질방으로 향했다. 누군가가 눈여겨보았다면, 동네 찜질방 구석에 누워 얼굴에 퍼런 찜질방 수건을 덮고 하염없이 훌쩍이고 있는 어느 아줌마의 모습은 온갖 상상을 자아냈을 것이다.

3. 고통의 역사

흔히 하는 말로 투병생활은 병마와의 전쟁이라지만, 희연이는 병마와 싸우는 전사가 아니었다. 어리고 여린 희연이의 몸은 처절한 싸움이 벌어지는 전장이었다. 그리고 동우 오빠와 나는 전망이 보이지 않는 고통과의 끊임없는 싸움 속에서 맺어진 전우였다. 몇 년 동안 우리 집에 드나들면서 언제부터인가 동우 오빠는 남편과 내게 말을 놓았고, 희연이에게도 '한동우 선생님'이 아닌 '동우 삼촌'이 되었다. 동우 오빠는 우리 집안 전체의 친구가 되었지만 그 이전에 나의 전우였다.

"동우 오빠, 도대체 희연이는 왜 저런 아픔을 겪어야 하는 거죠?"

희연이는 성장기의 어린이였다. 밖에 나가지 않을 수도 없었고 사람을 전혀 만나지 않을 수도 없었다. 더구나 의학으로 병을 치료할 수 있을지도 모른다는 실낱같은 희망을 완전히 버릴 수는 없었다. 6개월에 한 번씩 병원에 가서 이런저런 검사를 하고 난 날이면 희연이는 늘 앓았다. 어떤 날은 고열에 시달렸고 어떤 날은 복통을 앓거나 온몸이 부었다. 그럴 때 내가 할 수 있는 일은 희연이에게 진통제를 먹이는 것뿐이었다. 그때마다 나는 동우 오빠에게 진통제 처방을 받으면서, 신통한 대답이 없을 것을 알면서도 답답함을 이기지 못해 이런 질문을 던졌다.

언젠가 하루는 앓던 아이를 재워놓고 파김치가 되어 전화로 경과 보고를 하면서 "혹시 말이에요, 우리 희연이가 초능력자가 아닐까요? 왜, 텔레파시 같은 거 있잖아요." 하고 객쩍은 소리를 하기도 했다. 불특정 다수의 고통만을 수신하는 텔레파시 같은 것이 있을 리도 없거니와 있어봤자 좋을 것이 하나도 없다는 것을 알면서도 그런 소리를 하고 있었던 것은, 희연이의 병이 십 년에 가까워지면서 예전에는 없던 초조감이 나를 괴롭혔기 때문이었다. 이 병은 나을 전망도 없는 데다 병을 앓는 의미조차 찾아볼 수 없다는 사실 때문이었다.

아무리 드문 병이고 불치병이라도 환자들은 자기 나름대로 그 안에서 삶의 의미를 찾는 경우가 많았다. 언젠가는 의학이 발전해 자기 병의 치료법을 알아낼 것이라는 데서 희망을 갖는 환자도 있었고, 병을 앓으면서 세상과 인간의 아름다움을 새삼 깨닫게 되었노라는 환자들도 있었다. 하지만 희연이와 같은 병은 이제까지 보고된 바가 없었고, 일관성 없고 예측할 수도 없는 고통에서 희연이가 얻은 것은 앞으로 겪어야 할 세계와 낯선 사람에 대한 두려움뿐이었다. 하다못해 희연이가 다른 사람의 고통을 느낀다고 해서 희연이에게 고통을 느끼게 한 환자의 고통이 덜어지는 것도 아니었다. 희연이의 아픔은 전적으로 의미 없는, 세상에 없어도 되는 잉여의 고통이었다. 자기와 같은 병을 앓는 환자 하나 없는 희연이는 세상에서 가장 외로운 환자였다. 그리고 엄마인 내가 해줄 수 있는 일은 내게 남은 시간이 허락하는 한 그 옆에서 묵묵히 함께 버텨주는 것밖에 없었다.

그렇게 마음을 다잡고 살던 어느 날 단념했던 희망이 문득 나타났다. 희연이가 열 살 되던 해 정밀 검사를 하고 며칠 지난 후, 동우 오빠가 전화를 했다. 그날 저녁때 우리 집 근처로 올 테니 남편과 함께 근처 술집으로 나오라는 것이었다. 동우 오빠와 몇 년을 오가며 지냈지만 오빠가 집과 병원 외에 다른 곳에서 보자고 한 것은 처음이었다.

"뇌에는 송과선이라는 내분비기관이 있어. 생체리듬을 조절하고 수면 호르몬인 멜라토닌을 분비하는 곳이야."

자리에 앉아 인사를 주고받고 맥주 한 잔씩을 들이켠 후 동우 오빠가 불쑥 말을 꺼냈다. 남편과 나는 서로 얼굴만 바라보고 있었다. '희연이가 잘못된 게 그 부분인가요? 치료할 방법이 생긴 건가요?' 하고 묻고 싶은 마음은 굴뚝같았으나 둘 다 겁이 나서 말을 꺼내지 못했다. 동우 오빠는 잠시 우리 눈치를 보았으나 우리가 아무 말도 하지 않자 말을 이었다.

"그런데 의사과학이나 종교에 심취한 사람들 중에서는 이 송과선이 요가의 차크라와 연결되어 있다는 주장을 하는 사람들이 있어. 이른바 미간에 '제 3의 눈'을 열어주는 영적인 기관이라는 말이지. 그런 주장의 원류는 데카르트인 것 같은데, 데카르트는 『정념론』이라는 책에서 정신과 육체는 송과선에서 통일되고 교감한다고, 그러니까 송과선은 정신과 육체가 만나는 기관이라고 주장해."

"무슨 대학 강의를 듣는 것 같은데요. 그래서 그 송과선이 무슨 초능력 기관이라도 된다는 겁니까?"

남편이 어색하게 웃으면서 운을 떼었다. 그러나 동우 오빠는 따라 웃지 않았다.

"글쎄…… 나는 초능력이나 단전호흡, 기 같은 건 믿

지 않아. 하지만 그런 일이 아예 일어날 수 없다고 믿느냐는 건 또 다른 문제인 것 같고……. 오늘 내가 두 사람을 밖으로 불러내서 이런 이야기를 하는 건, 대학병원에서 희연이의 송과선에 종양이 있다는 연락을 받았기 때문이야."

남편과 나는 자기도 모르게 얼굴이 해쓱해졌다. 엎친 데 덮친 격이라더니, 정체 모를 병으로 괴로워하는 희연이에게 또 무슨 마가 끼었단 말인가, 하느님도 무심하시지. 이런 심정이 우리의 얼굴에 고스란히 쓰여 있었나보다. 동우 오빠는 맥주를 길게 한 모금 더 들이키더니 천천히 말했다.

"이런 이야기는 별로 의학자다운 건 아니지만, 전문의라는 건 어차피 학자라기보다는 일선에서 병과 싸우는 군인에 가깝다고 생각하고 내 억측을 들어줘. 기억하는지 모르겠지만 예전에 혜선이가 희연이가 텔레파시라도 받고 있는 거 아니냐는 농담을 한 적이 있어. 그 말이 사실이라면 어떨까 하는 생각…… 자네들도 알다시피, 희연이가 느끼는 고통은 다른 사람의 고통에 감응하는 것이지. 텔레파시라는 것이 실제로 있다고 주장하는 사람들 말마따나 그것이 쌍방향 뇌파 송수신이라면, 희연이는 고통이라는 주파수밖에 수신할 수 없는 수신 전용 텔레파시 능력을 타고난 셈이야. 조금 더 나아가서, 만약에 그것이 송과선의 종양과 관계 있다면? 그러면……."

"그 종양을 제거하면 희연이의 병도 나을 수 있다는 말이에요?"

"아직까지는 그저 내 가설일 뿐이야. 하지만 근거가 아주 없는 것도 아니야. 대학병원 측에 요청해서 이 년 전부터 희연이의 MRI 뇌 검사 기록을 쭉 훑어보았더니, 그때부터 송과선 부분이 비대해져 있었어. 하지만 성장기 어린이의 뇌이고 그 증세와 연관이 있다고 볼 근거가 없었기 때문에 검사의도 지나쳤던 거야."

"수술을 해야 합니까?"

남편이 단도직입적으로 물었다. 동우 오빠의 얼굴이 맥주잔 앞으로 수그러졌다.

"뇌하수체선종이기만 해도 수술을 권하겠어. 뇌하수체선종은 수술로 거의 백 퍼센트 완치될 수 있으니까. 하지만 송과선은 뇌 안쪽으로 훨씬 더 들어간 곳에 있고, 송과선을 수술해서 희연이가 낫는다는 보장도 없어. 수술을 하지 않을 경우 방사선 치료와 약물 요법을

병행하게 되는데, 희연이 같은 경우 종양의 크기와 위치가 아슬아슬한 경계선상에 있어서 뭐라고 말하기 어렵네."

남편과 나는 얼굴을 마주보았다. 동우 오빠의 말을 들어서는 아무것도 확실하지 않았다. 하지만 이미 켜져버린 희망의 빛은 걷잡을 수 없이 커져가고 있었다. 이제 동우 오빠가 조심스레 에둘러 하는 이야기가 하나도 귀에 들어오지 않았다. 송과선의 종양을 제거하면 희연이의 병이 나을지도 모른다는 말만 머릿속에서 맴돌고 있었다.

"아마 다음 주쯤 병원에서 연락이 올 거야. 그때 병원 쪽의 소견도 이야기를 해주겠지. 수술이나 다른 방식에서 있을 수 있는 부작용도 나보다 더 자세히 말해줄 테고. 하지만 병원에서는 송과선의 종양과 희연이 증세를 연결지어 생각할 것 같지 않아서, 두 사람에게 이런 가설도 있을 수 있다고 이야기한 거야. 그것과 상관없이 송과선종은 어차피 제거해야 하는 거니까."

그날 동우 오빠는 일찍 일어났고 남편과 나는 자리에 남아 오랜만에 늦게까지 함께 맥주를 마셨다. 차마 희망을 큰 소리로 입 밖에 내어 이야기하지는 못했지만,

우리는 희연이를 여기까지 키우면서 겪었던 마음고생과 서로에게 섭섭했던 점과 고마웠던 점을 마치 과거형처럼 이야기하며 울고 웃었다. 험한 밤길 위에서 불빛이 멀리 보일 때 옆에 누군가가 함께 있다는 것은 정말이지 마음이 따스해지는 일이었다.

우리는 이야기했다. 남편과 이렇게 많이 이야기한 적이 있었나 싶을 정도로 이야기를 하고 또 했다. 희연이의 병이 나으면 우리 생활이 어떻게 바뀔지, 희연이의 생활은 어떻게 바뀔지, 희연이는 어떤 학교에 가고 어떤 학원에 가며 어떤 친구들을 사귈지, 한참 늦었지만 둘째를 가질지 말지, 시부모님과 친정 부모님은 얼마나 기뻐하실지, 동우 오빠에게는 어떻게 고마움을 표해야 할지. 인생의 출발선에 서서 수많은 미래를 설계하는 청소년처럼, 우리는 생활의 온갖 가능성들 사이를 뛰어 다니면서 즐거워했다. 하지만 막판에 가면 이야기의 초점은 결국 현실적인 선택으로 돌아왔다. 수술을 할 것인가, 방사선 치료를 할 것인가. 병원에서는 수술을 권했지만 수술에 따르는 위험성 역시 충분히 고지했다. 하지만 뇌 전체 방사선 치료는 종양 제거보다는 전이를 막는 데 주로 쓰였다. 방사선 치료로 완치할 확률은 낮다고 했다. 또 이제 겨우 열 살의 희연이에게 방사선 치료는 성장기의 다른 부작용을 유발할 수도 있었다. 결국 우리는 희연이에게 그 선택을 맡겼다. 희연이는 며칠을 두고 생각한 후 말했다.

"수술을 받을래요."

"정말 그럴래? 괜찮겠어?"

오히려 더럭 겁이 난 내가 재차 물었지만 희연이는 요즘 애들답게 되바라지고 어른스러운 말투로 간단히 말했다.

"엄마, 나 벌써 열 살이잖아. 치료가 너무 길어지면 난 초등학교도 다녀보지 못하게 돼요. 인생 초반의 십 년을 텔레비전과 인터넷만 하면서 보내게 된다고요."

남편도 나도 이 간단하고 비합리적인 논증 앞에서는 아무 말도 할 수 없었다. 이미 서른이 넘어 마흔을 바라보는 우리가, 공부 때문에 애태우고 친구들과 놀고 선생님께 혼나는 어린 시절을 당연한 재산으로 누린 우리가, 아직 인생의 한 토막도 마음껏 누려보지 못한 희연이의 조바심과 안타까움에 대해 무슨 권리로 왈가왈부할 수 있으랴.

일단 희연이가 마음을 결정하자 수술 준비는 빠르게 진행되었다. 병원에 머물면 머무는 만큼 지나가고 마주치는 환자들의 아픔을 모두 다 몸에 받아들일 것이므로 희연이는 병원에 입원할 수 없었다. 동우 오빠가 어떻게 설명을 하고 조치를 취해주었는지 몰라도, 병원 측의 양해를 얻어 필요한 검사는 다 외래로 진행하고 희연이는 수술 당일 입원해서 마취하기로 했다.

나는 수술 전날 밤을 잊지 못한다. 아마도 평생 잊지 못할 것이다. 그날 밤 우리 가족은 모두 긴장하고 있었다. 남편은 초저녁부터 집에 들어와 안절부절못하다가 결국 찬장에서 위스키를 꺼내 마시고 열 시쯤 곯아떨어졌다. 소파에서 반쯤 잠든 남편을 채근해 침대에 눕혀 놓고 거실로 나온 나도 잠이 올 것 같지 않은 심정은 매한가지였다. 다음 날 아침 여덟 시까지 병원에 가야 하는 것만 아니라면 나도 취할 때까지 술을 마시고 남편 옆에서 잠들어버렸으면 좋겠다는 심정이었다. 하지만 나는 취할 수 없었다. 적어도 이 집안에는 지금 나보다 훨씬 더 불안하고 초조하고 잠 못 이룰 사람이 있었다. 나는 아직 불이 꺼지지 않은 희연이의 방문을 열었다.

"희연아? 이제 자야지?"

문이 열리자 책상에 앉아 컴퓨터를 들여다보고 있던 희연이가 퍼뜩 고개를 들었다.

원래 부모의 눈에 안 예쁜 자식이 어디 있겠냐마는 몇 번을 되새겨보아도 그날 밤 열 살의 희연이는 꺼질 듯이 아름다웠다. 하얀 원피스형 잠옷을 입고 의자에서 일어난 희연이는 내 말을 듣자 잠시 침대를 바라보다가 다시 방문께에 서 있는 나를 보았다. 제대로 마음 놓고 햇빛을 본 적이 없는 갸름한 얼굴, 진통제와 온갖 검사에 시달리며 어디서 덮쳐올지 모르는 고통에 늘 긴장하고 있어야 했던, 아직은 다 크지 못한 자그마한 체구. 형광등 빛 아래 서 있는 희연이는 내 딸이 아니라 다른 세계에서 잠시 우리 세계에 발을 디디러 온 비현실적인 존재처럼 보였다. 나는 넋을 잃고 사랑에 빠지는 처녀처럼 희연이를 바라보았다. 희연이의 입술이 움직였다.

"엄마."

희연이의 목소리가 살짝 떨리고 있었다. 나는 취한 것처럼 희연이의 말을 기다렸다.

"엄마, 나, 수술하지 않으면 안 될까?"

……이게 무슨 소리지? 내 머리는 지금 들은 말을 소화하지 못하고 있었다. 환영처럼 아름다운 희연이는 입

을 열고 말을 계속했다.

"이상한 말이지만, 나, 이 병과 함께 너무 오래 살았나봐요. 만약에 수술해서 이 병이 낫는다면, 이 병이 내게서 영영 떠나간다면, 나는 내가 아니게 될 것 같아. 지금까지 살았던 내가 다 부서져버릴 것 같아. 그런 생각을 하면 무서워요. 엄마, 지금까지처럼 그냥 살면 안 될까? 엄마도 아빠도 나도 힘든 건 알지만, 지금처럼, 나 아픈 채로, 그냥 살면 안 될까?"

가장 깊은 회한 속에서 몇 번씩이나, 가장 끔찍한 악몽 속에서 수도 없이, 나는 그 순간으로 되돌아가 자신에게 묻는다. 내가 다른 행동을 취할 수 있었을까? 희연이에게 다른 해답을 내놓을 수 있었을까? 아마도 아니었을 것이다. 설령 다른 해답을 내놓았다 한들 마음씨 곱고 다른 사람을 배려하고 무엇보다도 새 생활에 대한 희망에 너무나 가까이 있었던 희연이는 결국 수술을 받았을 것이다.

하지만 그때 나를 해일처럼 덮쳐온 것은 이런저런 생각을 용납하지 않는 쓰디쓴 고통과 배신감이었다. 여기까지 오느라, 여기까지 버텨내느라 내가 무슨 악을 쓰고 있었는데 너는 그것을 몰라주느냐. 우리 가족 모두에게 고통과 대가를 지불하게 했던 병이 나을 가능성이 이제 손만 뻗으면 놓여 있는데, 자기가 자기가 아니게 될 것 같아서 수술을 하기 싫다니, 그 무슨 사치스러운 소리냐. 바로 직전까지 희연이에 대한 사랑과 연민에 취해 있었기에 배신감과 낙망은 더 깊고 아프고 괴로웠다.

희연이가 과연 사람들의 고통을 고스란히 느꼈을까? 사람들의 고통에 대한 감수성이 무척 예민해져 있던 마지막이라 할지라도, 희연이가 느끼는 고통과 희연이에게 그런 고통을 준 사람들이 느끼는 고통이 똑같았을까? 이 수수께끼는 풀리지 않는다. 직접 고통을 느끼는 희연이에게도 이것은 중요한 문제가 아니었을 것이다. 세상에 이 수수께끼를 풀어달랄 사람이 있는 것도 아니다. 나 자신의 문제가 되어서야 나는 비로소 이 문제를 진지하게 생각한다. 자신의 문제를 껴안은 채 스물이 넘고 서른이 넘어 아이를 낳고 그 아이의 병까지 떠맡아온, 마흔을 바라보는 여자가 마음속에 느끼는 고통을 희연이가 고스란히 느낄 수 있었을까? 아니면 기껏해야 열 살의 자기 자신이 받아들일 수 있는 방식으로 바꾸어 받아들이고 있었던 것일까? 수술 직전에 그 아이는 마음속 고통을 느낄 수 있을 정도로까지 예민해져 있었을까? 아니면 모든 것이 나의 자격지심이고 희연이의 변덕에 지나지 않았을까? 도대체 나는 무슨 답을 바라고 있는 것일까?

내가 이야기할 수 있는 것은 사실밖에 없다. 희연이의 얼굴에는 한순간 기대가, 혼란이, 그리고 실망이 스쳐 지나갔다. 그다음에 희연이는 소리내지 않고 웃었다. 나는 그 웃음을 보고 안도했다. 그 웃음에 매달렸다.

"그냥 해본 소리예요, 엄마. 나, 겁이 좀 났나봐. 엄마도 빨리 주무세요. 내일 아침에 일찍 깨야지."

희연이는 깨어나지 못했다. 누구의 잘못도 아니었다. 수술에는, 더구나 뇌수술이라면 항상 잘못될 가능성이 있는 법이다. 의사들은 최선을 다했고 우리는 아무도 탓할 수 없었다. 희연이가 다시 살아 온다 해도 아무도 탓하지 않았을 것이다. 수술한 후 희연이가 깨어나지 못하고 사망선고를 받았을 때 적어도 내가 탓할 수 있는 사람이란 아무도 없었다.

나는 모른다. 희연이를 낳고 함께 살고 마침내 희연이가 죽을 때까지 함께한 순간들에서, 내가 후회할 수도 변명할 수도 없는 실수를 저질렀는지 아닌지. 어떨 때는 그런 것도 같고 어떨 때는 내가 모든 것에, 우리 엄마와 세상과 나 자신과 희연이에게 떳떳할 수 있을 것도 같다. 그러나 분명히 알 수 있었고 그 후에도 위안이 되는 것은 사망선고가 내려진 순간, 희연이의 고통의 역사는 끝났다는 것이다.

마지막으로 본 희연이의 창백한 얼굴. 그 얼굴은 무릇 아름다웠다. 그리고 그때부터 나에게 진정으로 고통이 역사하기 시작했다.

작품에 부쳐

「나의 우렁총각 이야기」를 쓸 때는 당연히 '우렁각시' 이야기를 생각하고 있었다. 우렁각시 이야기를 생각할 때마다 심사가 비틀렸던 것도 기억난다. 대체 남자에게 우렁각시가 왜 필요하다는 건지 알 수가 없었다. 현실의 여자들이 남자에게 다 해주는데. 오히려 보이지 않는 돌봄노동(그때는 돌봄노동이라는 말이 대중화되지 않았지만)의 보살핌이 필요한 건 여자 쪽이 아닌가. 그렇지만 돌보는 사람을 보지 않고 돌봄노동만 쏙 빼먹을 수 있는 관계는 비인간적인 관계이다. 주인공인 소현이 거기까지 깨닫는 데는 성공했는데, 그다음 돌봄노동과, 나를 돌보아주는 모든 보이지 않는 사람들과 사회와 어떤 관계를 맺어야 할지는 방향을 잡지 못한 채 글을 끝맺었다. 사실 아직까지도 풀지 못한 어려운 문제이다.

「백귀야행」은 2000년대 초 대학원에 다닐 때 쓴 글이다. 80년대나 90년대 초중반까지만 해도 대학원 등록금은 비쌌지만 과외로 어느 정도 충당할 수 있었고, 석박사 과정을 끝내면 취직할 수 있는 반경이 넓어진다는 희망이 있었다. 그러나 1997년 IMF 외환위기와 함께 그런 희망은 무너졌다. 대학원은 공부하고 싶은 사람들이 가는 곳이면서, 동시에 생활력은 별로 없고 공부밖에 할 수 없는 사람들이 옹기종기 모여 있는 대피소가 되었다. 그 위태위태한 구조를 너무 청승맞지 않게 그려보고 싶었다. 현실에 밀착할 수도 없고 현실을 떠날 수도 없는 귀신들의 행진처럼.

「히로시마의 아이들」은 처음에 단순한 시각적 유비에서 시작했다. 원자폭탄의 상징처럼 되어버린 버섯구름은……, 음……, 남성 성기와 좀 닮지 않았나? 물론 원자폭탄 쪽이 비할 수 없이 큰 위력을 갖고 있지만, 둘 다 매우 폭력적인 상징이라고 생각한다. 최소한 많은 남성들은 그 해면체가 매우 강력하다는 환상을 기꺼워하는 것 같다. 하지만 이 작품에서 히로시마로 상징되는 공적 폭력이든, 남성의 성기로 상징되는 사적 폭력이든, 고통과 상처를 남기지 않는 강력한 폭력이 존재할 수 있을까? 그리고, 그 고통과 상처를 견디며 살아가는 생존자들의 삶에는 어떻게 새순이 돋을 수 있을까? 폭력의 생존자들은 저절로 연대하고 서로 힘을 주리라고 믿을 수 있다면 참 행복할 것이다. 하지만 폭력과 고통의 피해는 그렇게 단선적으로 작용하지 않고, 피해자들은 예기치 못한 곳에서 두 번 세 번 되풀이해 아픔을 겪게 될 것이라고, 삶은 그런 것이라고, 이 글을 쓸 때는 그렇게 생각하고 있었다.

「열다섯, 서른다섯」은 도움과 지지와 연대를 가족에게서 찾을 수 없을 때 우리는 어디로 가야 할까, 하는 질문을 품은 글이다. 은수는 이혼 후의 독신 생활을, 조카 민정이는 임신중절이라는 문제를 안고 있다. 어떤 것이 더 크고 괴로운 문제인지 비교할 수는 없지만, 둘 다 가족에게 용납받을 수 없는 문제이다. 이 글을 쓰면서 모든 은수에게 민정이가 있기를, 모든 민정이에게 은수가 있기를 바랐다. 가족이 용납하지 않는 문제를 안은 청소년에게 자신을 비판하지 않고 받아줄 수 있는 어른이 있기를 바라는 것은 당연한 일이지만, 성인인 은수에게도 자신의 시간을 힘겹게 살아나가는 민정이가 힘이 되고 버팀대가 될 거라는 생각이 든다. 왠지는 잘 모르겠지만.

많은 사람들에게 가족은 아마도 평생 숙제일 것이다. 그 울퉁불퉁한 가족관계를 「하나를 위한 하루」에 담아보았다. 폭력적인 데다가 결국은 희생을 요구하는 아버지, 늘 열등감을 불러일으키는 형, 열정이 무엇인지 모르는 아내, 예쁘기만 한 아이. 모두가 '가족'이라는 이름으로 묶여 있다. 그 안에서 각자 요구하는 것, 잡아당기는 끈이 다르다. 그중에서 어떤 압력에 버티고 어떤 것에 끌려갈지 나도 결론을 내릴 수 없어, 결말을 열어두고 쓴 글이다. '어떻게 되든지 간에 내일 하루만은 온전히 마음 가는 대로 하리라'는 결심은 속 시원한 해결책은 아니지만, 많은 사람들은 그렇게 살아가지 않을까. 마지막의 마지막까지 선택을 미루고 눈앞의 하루를 살아나가면서.

「고통의 역사」는 '아이를 갖는다는 것'에 대해 한참 고민하던 때 쓴 글이다. 아이는 내가 가보지 않은 미래에 가닿을 수 있는 가능성을 품고 있고, 그 미래는 최선부터 최악까지 전혀 예측할 수 없는 스펙트럼을 보여줄 것이다. 모든 부모는 아이가 꽃피울 수 있는 가장 찬란한 미래를 보고 싶을 것이다. 하지만 부모가 아이의 아픈 미래까지도 보듬을 수 있을까? 그럴 각오 없이 아이를 갖는다는 것이 과연 잘하는 일일까? 삶의 고통을 겪는 아이를 있는 그대로 받아들일 능력과 각오를 내가 갖고 있는지, 스스로를 헤집어보는 마음으로 썼다.

작가의 말

『백귀야행』에 묶인 단편들은 지난 세기 말부터 2000년대 중반까지 쓰고 발표했던 글들입니다. 워낙 시간이 지났기 때문에 다시 햇빛을 보리라고 생각하지 않았던 글들이기도 합니다. 이번에 책을 내기 위해 원고들을 다시 되짚어보면서, 십 년 전, 십오 년 전의 나는 어떤 눈으로 세상을 바라보았는지 새록새록 떠올려보았습니다. 20대 말에서 30대 중반까지의 나는 어떤 사람이었더라?

이 작품들을 쓰던 때에는 딱히 제 나이나 성별을 의식하지 않았습니다. 그냥 '나'이기 때문에 마주치고 의식하는 문제를 내 방식대로 풀어낸다고만 생각했습니다. 그러나 이렇게 다시 묶어보니, 20대 말에서 30대 중반까지의 시간을 겪은 여성 작가로서 제가 하고 싶은 말이 무엇이었는지 어렴풋이 감이 잡힙니다. 남자들이 (돈도 내지 않고) 당연히 받고 있는 돌봄노동을 여자라고 받지 못할 이유가 있겠느냐는 억하심정, '돈은 안 되지만' 가치 있는 일에 대한 믿음이 살아 있던 세계가 점점 흐려지고 열어지고, 마침내 현실이 아닌 귀신과 설화의 세상으로 변해버리는 광경. 폭력이 남긴 상흔을 안고 생존하는 사람들이 살아가는 모습과, 아무에게도 기댈 수 없는 이들이 서로에게 힘이 될 수 있는 가능성이 있을까 모색하던 순간들. 가장 가까운 관계로 여겨지는 가족이 가진 수많은 모순을 조금이나마 파헤쳐보고자 손톱을 세우던 그 시절의 결기가 글에 묻어나고 있었습니다.

그러니까, 이 글들에는 그 시절에 제가 세상을 바라보던 시선이 흠뻑 담겨 있습니다. 지금의 저는 여전히 그때의 그 사람이기도 하지만, 완전히 다른 사람이기도 합니다. 시간이 흐른 만큼 생각이 바뀐 부분도 있고, 기존의 믿음이 더욱 강해진 구석도 있습니다. 그렇지만 그 시기에 품었던 의문과, 그 시기에 수긍하지 못한 것에 대한 분노는 여전히 제 안에 머물러 있다는 것을 이 책을 엮으며 새삼 느꼈습니다. 제가 품고 있었고 지금도 품고 있는 고민의 한 자락이 이 책을 읽는 분들에게도 가닿아 어떤 울림으로 피어날 수 있다면 기쁠 것입니다.

책 한 권이 나올 때마다 감사해야 할 사람들은 점점 늘어납니다. 오래전 쓴 글이지만 여전히 '지금 여기'에 주는 울림이 있다고 격려해주신 사계절출판사 김태희 편집장님과 편집부 여러분께 가장 감사드립니다. 이분들의 격려와 노고가 없었으면 이 책은 태어나지 못했을 것입니다. 비록 글에는 보이지 않지만 생활을 지탱하는 뼈대가 되어준 가족들 모두에게 감사드리고, 첫 책을 냈을 때부터 지금까지 꾸준히 제 원고를 읽어준 친구들에게도 고마움을 전합니다. 십 년 넘게 제 글에 단말 쓴말 귀여운 말을 던지다가 이제 스스로 작가의 길에 들어선 문녹주 씨에게도 감사를 표하고 행운을 빕니다. 이 책이 가닿는 모든 분들의 건강과 평안을 빕니다.

2020년 가을

송경아

백귀야행

2020년 9월 18일 1판 1쇄

지은이 송경아
편집 김태희, 장슬기, 김아름, 이효진
디자인 김민해
제작 박흥기
마케팅 이병규, 양현범, 이장열
홍보 조민희, 강효원
인쇄 천일문화사
제책 J&D바인텍

펴낸이 강맑실
펴낸곳 (주)사계절출판사
등록 제406-2003-034호
주소 (10881) 경기도 파주시 회동길 252
전화 031)955-8588, 8558
전송 마케팅부 031)955-8595 편집부 031)955-8596
홈페이지 www.sakyejul.net
전자우편 literature@sakyejul.com

ISBN 979-11-6094-682-6 04810
ISBN 979-11-6094-050-3 (세트)

이 도서의 국립중앙도서관 출판예정도서목록(CIP)은 서지정보유통지원시스템 홈페이지(http://seoji.nl.go.kr)와 국가자료공동목록시스템(http://www.nl.go.kr/kolisnet)에서 이용하실 수 있습니다.(CIP제어번호: CIP2020037143)